책과 정원, 고양이가 있어 좋은 날

Original Japanese title: IE TO NIWA TO INU TO NEKO

Copyright© 2018 Tokyo Children's Library

Japanese paperback edition published by KAWADE SHOBO SHINSHA Ltd. Publishers

Korean translation rights arranged with KAWADE SHOBO SHINSHA Ltd. Publishers

through The English Agency (Japan) Ltd. and Duran Kim Agency

책과 정원,
고양이가 있어 좋은 날

이시이 모모코 지음
이소담 옮김

샘터

차례

일러두기

1. 이 책의 모든 주는 옮긴이 주입니다.
2. 외국 인명, 지명, 작품명 및 독음은 '외래어 표기법'에 따르되 관용적인 표기와 동떨어진 경우 절충하여 실용적 표기에 따랐습니다.
3. 영화와 드라마, 잡지와 신문 등의 매체명, 노래 제목은 〈 〉로, 책 제목은 《 》로 표기했습니다.

애정의
무게

 우리는 그녀를 기누코 아가씨라고 부르거나 오기누 씨라고
부르기도 했고, 배를 내놓고 늘어지게 잘 때는 기누 부인도圖
라고 부르며 놀리곤 했다.

 오기누 씨는 우리 집에서 사는 고양이다. 머리 위와 등에 먹
색 반점이 있고, 롤빵처럼 말려 있는 짤막하고 둥그런 꼬리도
먹색이다. 눈이 커서 제법 미인이라고 손님들이 말하는 소리
를 듣고 우리는 기뻐했는데, 오른쪽 목덜미와 등 한가운데에
제법 커다랗게 난 땜빵이 옥에 티였다.

이 땜빵은 삼 년 전만 해도 짓물러서 빨간 속살이 드러난 지름 칠 센티나 되는 상처였다.

삼 년 전, 가을 햇살이 낙엽을 폭신폭신 부풀리던 무렵, 나는 마당 철쭉나무 아래 양지바른 곳에서 때때로 잠을 청하는 하얀 물체를 발견했다. 그러나 원래 우리 집 마당은 볕이 잘 들어서 이 동네 강아지나 고양이들이 클럽으로 삼은 모양인지 낮잠 자는 고양이가 드물지 않아서 '어라, 또 어느 집에서 키우는 고양이가 놀러 왔나 보군' 정도로 생각하고 말았는데, 얼마 지나지 않아 내가 마당에서 옆집 사람과 대화를 나눌 때면 그 고양이가 슬금슬금 곁으로 다가오곤 했다.

처음으로 가까이에서 고양이를 봤을 때, 나는 소름이 끼쳤다. 목과 등의 털이 움푹 파먹혀 붉은 속살이 드러났다. 그해 봄에 태어났는지 크기는 성묘가 되기 직전으로 보였다.

아아, 섬뜩해라. 집 안까지 들어오면 큰일이겠다 싶어 우리는 얼른 각자 집으로 도망쳤다.

그 당시 자그마한 우리 집에는 친구 가족이 동거 중이었다. 친구 가족은 니노라는 이름의 거대한 수컷 고등어 고양이를 키웠다. 이 가족은 밤늦게까지 일하는 사람들이어서 다들 아침이 늦었다. 아침에 내가 혼자 일어나 아침밥을 먹고 있으면 잠에서 깬 니노가 방문을 벅벅 긁었다. 문을 열어주면 니노는 내 앞에 앉았다. 우리는 그렇게 마주 보고 아침을 먹는 것이 습관이었다.

니노는 '마른 멸치' 같은 단어를 이해하는 똑똑한 고양이였다. 미각도 발달해서 오늘은 우유, 오늘은 다른 걸 달라고 코로 주문했다.

우리의 이런 즐거운 식사를 언제부턴가 그 상처 고양이가 매일 아침 유리문 너머로 구경하기 시작했다. 그리고 때때로 소리는 절대 내지 않고 입만 뻐끔거려 빨간 구강을 드러내며 애원했다. 마치 안데르센 동화 같아서 나는 속으로 '성냥팔이 고양이'라고 별명을 붙여주었다. 그리고 니노가 먹고 남긴 것을 유리문 밖에 내주고 일하러 나갔다.

그런 날이 얼마간 지나자 상처 고양이는 내 발소리를 구분하게 되었다. 내가 어두운 마당을 걷고 있으면 어디선가 스르륵 와서는 콘크리트 디딤돌 위에 불쑥 나타난다. 나는 조금 쌀쌀한 밤이면 먹이를 수북이 담아 내주었다.

시간이 흘러 서리가 내릴 무렵, 도호쿠 산에서 같이 농사를 짓던 친구가 나를 보러 와서 며칠간 묵게 되었다. 내가 일을 마치고 돌아오자 친구가 낮에 고양이를 관찰했다고 말해주었다. 눈이 시원시원하게 크고 얼굴이 볼록한 것이 산에 두고 온 톰과 비슷하다느니, 밤에 개나 다른 동물이 괴롭히는 것을 봤는데 상처가 어제보다 더 커졌고 다리에도 긁힌 상처가 생겼다느니 등의 이야기였다.

나는 혼자 사니까 고양이를 키우지 못한다고 친구에게 일러두었다. 나도 힘들고 고양이도 불쌍할 테니까. 상처가 나으면 키워줄 사람을 찾아볼 테니 집에 들어오는 버릇을 들게 하지 말라고 친구에게 단단히 이르고 출근했는데, 어느 날 돌아왔더니 고양이가 누가 봐도 만족스러운 표정으로 커튼을 꿰매는 친구 옆에 앉아 있었다. 밖으로 내보냈더니 그날 밤에 고양이는 한참이나 유리문을 벅벅 긁었다. 우리는

"조금만 있으면 갈 거야, 조금만 있으면 갈 거야."

하고 서로에게 말하며 귀를 막고 잠들었다.

다음 날 밤도 똑같았다. 나는 옆집 아드님에게 들은 이야기를 떠올리며 고양이가 유리문을 벅벅 긁는 소리를 들었다. 언젠가 길에서 잠을 청하던 길고양이 위로 서리가 내려앉았다

는 이야기였다.

"어쩔 수 없지. 오늘 밤만 들이자."

내가 말했다. 친구가 냉큼 문을 열었다.

고양이는 훌쩍 날아서 누워있는 내 가슴 위로 올라와 내 얼굴을 위에서 내려다보며 골골 목을 울렸다.

"얘, 집에서 키우는 고양이였나 봐."

나는 말했다. 이렇게 해서 고양이의 운명이 정해졌고 내 운명도 정해졌다.

친구가 돌아간 뒤, 내가 얼마나 바빠졌는지 모른다. 나는 아침에 일어나자마자 커다란 주전자로 하나 가득 물을 끓인다. 물이 끓는 동안 전날 밤에 쓴 탕파 물로 세수를 하고 식사를 준비한다. 그러는 동안 끓은 물을 다시 탕파에 넣고 담요로 말아 낮 동안 햇볕이 잘 드는 테이블 구석에 올려놓고, 여기에 기대 있으면 따뜻하다고 고양이에게 알려준다. 고양이와 인간이 식사를 마치면 고양이의 상처에 붕대를 감는다. 그리고 설거지를 한다. 몸단장을 한다. 일어나서 나갈 때까지 일 분의 여유도 없었는데, 이 순서는 어느새 다도 순서처럼 정연하게 정해졌다.

고양이도 익숙해져서 내가 가르쳐준 모습으로 탕파에 기대어 나를 배웅했다. 가끔은 역으로 가는 도중까지 배웅해주기도 했다. 상처는 여간해서 낫지 않았다. 붕대 비용이 많이 든다고 산에서 같이 살던 친구에게 화를 낸 적도 있다.

그 시절의 붕대는 흐늘흐늘해서 바지런히 세탁해 두세 번 정도 쓰면 구겨져서 더는 쓸 수 없었다. 그래도 고양이는 아주 행복한지, 내가 돌아오면 붕대를 질질 끌며(잃어버린 적도 종종 있었다) 마중을 나와주었다.

그렇게 지내다가 해가 바뀌고, 나는 보름쯤 여행을 다녀왔다. 혼자 집을 볼 기즈キズ(기즈는 '상처'라는 뜻이다. ―옮긴이) ― 어느새 이런 이름을 붙였다 ― 를 생각하면 마음이 한없이 무거웠다. 여행에서 돌아온 것은 추운 새벽녘이었다. 내가 집의 나무 대문을 넘었을 때, 이웃한 집들은 아직 잠에서 깨어나지 않았다. 내 방 커튼 한쪽이 살짝 들리더니 그 틈으로 자그마한 고양이가 얼굴을 비죽 내밀었다.

그때 고양이가 어떤 마음이었을지 전부 이해할 수는 없지만, 내 눈에는 기즈가 나무 대문으로 나간 인간은 나무 대문을 지나 돌아온다는 것을 결단코 의심하지 않고 틈만 나면 그 자리에서 밖을 내다보았던 것처럼 보였다. 동거인이 넣어준 탕파는 차갑게 식어 있어서 기즈가 거기에서 잔 것 같진 않았다.

시간이 흐르자, 기즈의 상처 주변에 털이 길게 자라 깊이 물리는 바람에 모근까지 사라진 한가운데에만 가늘고 길쭉한 땜빵이 남았다.

계속 '상처'라는 뜻으로 부르기는 불쌍해서 나는 이름을 기누로 바꿔주었다. 즈의 탁음 부호를 떼고, 대각선 봉을 살짝 늘리기만 하면 돼요.(즈는 ズ, 누는 ヌ이다. ─옮긴이) 나는 기누를 아는 사람에게 자랑스럽게 이런 소리를 떠벌렸다.

기누는 지금도 잘 울지 않는다. 처음에는 방랑 여행 중에 하도 울어서 목소리를 잃은 줄 알았는데, 언제던가 내 뒤를 쫓아와서는 큰 소리로 울어서 깜짝 놀랐다. 남자 친구와 대화할 때도 귀여운 목소리로 울었다. 한심하게도 멍청해서 쥐도 잡지 못한다. 기누가 할 줄 아는 것이라곤 한 인간을 믿고 절대 의심하지 않는 것이었다.

한밤중에 기누가 가슴 위에 앉는 바람에 나는 괴로워하며 잠에서 깰 때가 자주 있다. 기누는 이불 위에서 커다란 눈으로 나를 빤히 내려다본다. 그래서 기누의 이름이 또 늘었다. 이노

우에 기누코 씨다. 나는

"이노우에 씨가 되면 안 되잖니."

하고 혼내지만, 그 무게가 기누가 주는 애정의 무게라고 믿는다.('이노우에'는 '위장 胃の上'라는 뜻이다. 즉, 배 위에 올라앉아 위장을 압박하는 고양이여서 붙은 별명이다. - 옮긴이)

세균학자인 노구치 히데요 박사의 전기《노구치》를 쓴 엑스타인 박사는 키우던 비둘기 이야기를 쓰면서 '하토'(박사는 그 비둘기에게 일본어로 비둘기라는 뜻인 '하토'라는 이름을 붙였다)가 애정에 눈을 뜬 순간 인간이 되었다고 적었다. 나는 요즘 들어 그 이야기를 자주 떠올린다. 우리를 둘러싼 거짓말, 증오가 인간을 기계 혹은 인간 이하로 만들지도 모른다는 생각이 들 때나 기누가 가슴 위에 앉아줄 때, 나는 반성하면서 그 이야기를 떠올린다.

집과 마당과
강아지와 고양이

　내가 도쿄에서도 굴지의 주택가에 칠십 평이나 되는 마당 딸린 집에서 또 한 명의 사람과 콜리 종인 개와 고양이를 동거인(?)으로 삼고 사는 것을 보면, 가끔 찾아오는 방문객들은 '이 사람은 대체 뭘 해서 돈을 버는 거야?'라는 얼굴로 "집이 아주 좋네요"라고 비행기를 태운다.

　그러나 나는 근면하지만 돈벌이와는 인연이 없는 사람이다. 나로서도 예상하지 못한 복잡한 경위를 거쳐 이 집과 토지, 개와 고양이와 함께 살게 되었을 뿐이다.

먼저 집 이야기부터 하자면, 중일 전쟁 때 나의 가장 친한 친구가 죽었다. 그 친구는 지금 내가 사는 이 터에 집을 세우고 요양 중이었다. 당시 이곳은 주변에 밭과 산이 있는 도쿄의 시골이었다.

친구가 세상을 떠나자 그 집을 물려받을 사람이 없었다. 지금 생각해보면 말도 안 되는 소리인데, 그때는 그 '덩굴풀 우거진 여관'마냥 초목에 둘러싸인 집을 빌리려는 사람이 없었다. 거주할 사람이 없어도 집터의 차지료는 매달 내야만 했다. 마침내 나는 부탁을 받아 그 집을 받는 곤경에 처하고 말았는데, 차지료만큼을 집세로 내줄 임차인을 찾지 못해 고생이었다.

그런데 전쟁이 끝남과 동시에 집값이 뛰어올랐다. 내 집도 임차인이 쇄도했고, 신주쿠의 집이 불에 타서 오갈 데 없어진 M 씨 일가가 살게 되었다.

당시 도호쿠에서 살고 있던 내 앞으로 M 씨가 토지에 관련한 편지를 보낸 것은 그로부터 이삼 년이 지나서였다. 집이 세워진 땅을 땅 주인이 재산세로 물납하는 바람에 나는 재무국의 요구로 그 땅을 사야만 했다.

당시 누구나 그렇듯 나도 간신히 입에 풀칠하고 사는 형편

이어서 그 소식을 듣고 벌벌 떨었다. 도쿄로 가서 비슷한 운명인 그 집의 이웃 사람들에게 물어보니, 어느 정당인이 앞으로 땅은 국가가 공짜로 국민에게 나눠주는 시대가 될 테니까 사면 손해라고 말하고 돌아다니기에 자신들은 불매동맹을 결성해 사지 않겠다고 했다. 나도 얼른 그 동맹에 가입했다.

내가 출판사에서 근무하게 되어 도호쿠에서 도쿄로 나온 것이 패전 후 오 년 무렵이었다. 작은 집에서 친구 M 씨 가족과 같이 살게 되었는데, 아무리 생각해도 내가 잠을 자는 이 땅이 누구의 소유도 아닌 어중간한 상황이고 재무국 대리인이라는 사람이 툭하면 방문해서 땅을 사라고 강요하는 소리를 듣는 삶이 영 불안했다.

출판사 사람에게 상담하자 "한 평에 얼만데요?"라고 물어서 "사백오십 엔이요"라고 대답했다. 그는 기가 찬 표정으로 "무슨 바보 같은 소리를 하는 거예요. 당장 사요. 앞으로 그 지역은 손도 대지 못할 정도로 값이 오를 거라고요" 하고 혼을 냈다.

당시 백 평에 사만 오천 엔은 내게는 거금이었지만, 어쨌든 불매동맹을 탈퇴하기로 했다. 그리고 재무국 대리를 맡은 신탁회사에 연부금 교섭을 해 조금씩 갚았는데 그러다 보니 이 땅이 내 것이 되었다. 돈 계산에 밝은 사람에게 들으니 나는 말도 안 되게 저렴한 가격에 땅을 샀다고 한다. 사실 이 땅 바로 위에 고압선이 깔려서 땅의 한쪽 구석에만 집을 세울 수 있는 것 때문에 가격이 크게 깎였는데, 나는 넓은 집보다 칠십 평이나 되는 마당이 더 고맙다.

크게 다쳐서 이 마당에 흘러들어와 강제로 집 안까지 들어온 아이가 우리 집의 불청객 고양이고, 콜리 종 강아지 이야기를 글로 쓴 인연으로 누군가가 "당신, 개 좋아하죠? 애 줄게요"라며 두고 간 아이가 우리 집의 불청객 강아지다.

집도 마당도 고양이도 강아지도 내가 원해서 손에 넣은 것이 아니라 내게 굴러왔다. 이런 경위를 아는 친구는 "집이나 땅 때문에 남들처럼 고생하지 않은 사람은 인생을 몰라"라고 말하곤 한다. 나도 그 말이 옳다고 여긴다.

아침 산책

나는 태어나서 작년까지 아침 산책이란 것을 해보지 않았다.

여자는, 특히 나는 가난한 탓에 더 그런데, 조금이라도 짬이 나면 청소나 세탁을 하므로 일부러 산책하러 나가지 않아도 운동 부족일 리가 없다고 믿었다.

그런데 이번 봄부터 도쿄에 있을 때면 반드시 여섯 시 전후부터 일곱 시까지 동네를 돌아다니게 되었다. 개의 동반자, 이른바 불가피한 산책이다.

책에서 개 이야기를 호의적으로 썼더니, 이런 글을 쓰는 사람이라면 개를 좋아하리라 여겼는지 콜리 한 마리를 강제로 받았다. 개를 싫어하지는 않지만 돌보는 것은 지금 내 능력에서 벗어난다는 것을 알고 있었기에 극구 사양했는데 말이다.

막상 키워보니 역시 미안함이 컸다. 원래 야산에서 뛰놀아야 할 개를 그다지 넓지도 않은 공간에 종일 가둬두는 것을 나는 도저히 받아들일 수 없었다. 게다가 날이 갈수록 힘차고 강해지는 낮은 짖음 때문에 이웃 사람들이 겪는 불편도 고려해야 했다.

개는 여섯 시가 되면 우리 집 일각의 덧문이 열리는 것을 금방 기억해서 무심코 늦잠을 자는 날에도 그 시간만 되면 "아침이라고, 늦잠 자지 마!" 하고 짖었다.

나는 전날 밤에 아무리 늦게 잤더라도 벌떡 일어나 짖는 개를 진정시켜야 했다. 일단 준비한 밥을 주고 산책하러 나가는 것이다.

저녁 산책 시간까지 최대한 얌전히 담 안에 있게 하려면 한 시간 동안 산책하면서 개의 에너지를 최대한 발산하게끔 해줘야 한다. 그러니 이 방법은 같이 걷는 인간이 개와 마찬가지로 지쳐서 버티지 못하니까 곤란했다. 인간은 편하고 개만 운동을 시키고 싶은데 나처럼 자전거를 타지 못하는 사람에게는 쉬운 일이 아니었다.

처음에 고안한 것은 봄까지 우리 집에서 같이 살던 젊은 여성과 내가 인적이 드문 길에 조금 떨어져서 서서 교대로 이름을 부르며 "이리 온!" 하고 연습을 하는 것이었다. 각자 주머니에 마른 멸치를 넣고 강아지가 뛰어오면 하나씩 줬으니까 개는 신이 나서 다리가 아플 정도로 뛰어다녀 꽤 괜찮은 방법이었다. 그러다가 개를 먹을 것으로 훈련하면 안 된다는 소리를 어디서 듣거나 읽어서 불안해졌고, 마침 상대를 해주던 젊은 여성이 결혼하면서 집을 떠나 다른 방법을 찾아야 했다.

다행히 집에서 오백 미터쯤 가면 풀이 무성하게 자란 들판이 있었다. 며칠간 개를 그곳으로 데리고 가서 나도 같이 걸어보았는데, 내가 멈추면 개 역시 멈춰서 쉽지 않은 일이었다. 개는 나를 동류라고 생각하는지 신이 나서 온몸으로 부닥치고 날아다니고 들러붙는다. 팔과 다리를 긁혀서 상처만 잔뜩 입고 두 손 두 발 다 들었는데 하늘이 구해주시듯이 비루라는 개가 나타났다. 비루는 들판 근처의 집에서 키우는 개로, 폭스테리어 잡종이었다. 크기는 우리 개의 절반 정도인데 나이는 두 살이었다. 이 자그마하지만 세상 물정을 잘 아는 비루가 예상치 못하게 우리 개를 맡아주었다.

비루는 처음에는 우리 개의 체구에 놀라 몹시 경계하며 덤벼들었지만, 녀석이 건드리기만 하면 금방 넘어지는 풋내기인 것을 알자 곧 친해져서 매일 놀아주었다. 이 두 마리가 삼십 분쯤 초원에서 치고받고 날아다니는 동안, 나는 말 그대로 근처를 느긋하게 걸어 다니면 그만이었다.

그러나 세상사는 끝없이 움직이는 법이어서, 비루 역시 매일 아침 다섯 시 반에 우리 집 담으로 개를 마중 오고 또 산책이 끝나면 배웅까지 해주다가 갑자기 주인과 함께 이사를 가버렸다.

그리하여 최근 나는 다시 개와 둘이서 산책을 하는데, 요즘에는 청년기에 들어섰는지 개도 내 곁에 얌전히 있어준다. 다만, 옛 친구인 비루에게 배운 주워 먹는 버릇이 때때로 나를 힘들게 한다.

마법의 개

우리 집에는 '듀크'라는 이름의 수컷 콜리가 있다.

모색은 검은색, 갈색, 흰색이 섞였는데, 콜리 세계에서 '트라이'라고 불리는 종류다.

삼 개월이 되어 우리 집에 왔을 때는 어른 고양이에 조금 길쭉한 얼굴을 붙인 크기였다. 그런데 《콜리 독본》이라는 책을 참고하며 키우다 보니 콧잔등이 갈수록 길어지고 몸도 커져서 일 년이 지나자 사십 킬로그램을 넘는 거구가 되었다.

1967년 1월 13일에 만 여덟 살이 되었다. 작년에 회충약을

준 수의사의 말에 따르면 개가 이쯤 되면 경로회에 들어갈 나이라고 했다. 그래서 서둘러 혈통서를 꺼내 살펴보니 아직 일곱 살 몇 개월이어서 나이가 반년쯤 모자랐다. 어쨌든 이번 정월이면 떳떳하게 경로회에 들어갈 신분이 된다는 소리다. 어떤 기념품을 받을지 나는 조금 기대하고 있다.

본인(?) 듀크는 그런 것에는 전혀 관심이 없다. 그저 활기차게 걸어 다니는데, 수의학계에서 그렇게 정했다면 어쨌든 개로서는 늙은 몸이라는 소리다.

그러고 보니 듀크가 집에 온 후로 우리 동네의 개 인구(?)도 많이 달라졌다. 바로 앞집 Y 씨 댁에는 스피츠 두 마리가 차례차례 왔다가 사라졌다. 도망쳤다는 소리는 못 들었으니 두 마리 모두 죽었을까. 또 집 앞길을 왼쪽으로 가서 바로 오른쪽으로 돌면 있는 M 씨 댁에는 듀크가 왔을 때와 비슷한 시기에 셰퍼드 새끼가 불쑥 나타나 키우기 시작하더니 어느새 사라지고 시바견이 왔다가 또 사라졌다.

이렇듯 개의 세계에도 격심한 변천이 있고 태어났다가 또 죽는다는 소리다. 그러니 우리 집의 여덟 살이나 먹었지만 여전히 새끼처럼 애교를 부리는 듀크는 한 생명을 오랫동안 이어가는 것만으로도 포상을 받을지 모른다.

이 개에게 불행이 있다면 우리 집에 남자 어른이 없다는 점이다. 초대형견이다 보니 역시 남자가 따끔하게 호령을 하지 않으면 긴장감이 없나 보다. 게다가 나처럼 연약한 여자가 주인이다 보니 개를 데리고 나가주는 산책이 아니라 그저 개의 친구가 되어버린다. 내가 최대한 위엄 있는 표정을 짓고 "뒤로, 뒤로!" 하고 호령하면서 아침 일곱 시 반이나 오후 두 시 반에 산책하러 나가면, 동네 사람들은 "고생하시네요" 하고 말을 건다. 나도 겸연쩍어서 "네, 친구 따라 강남 가는 셈이네요"라고 인사한다.

《콜리 독본》을 따라 규칙적으로 키운 탓에 곤란하게도 비가 내리든 눈이 내리든 아침 일곱 시 전후나 오후 두 시 이후가 되면 듀크의 머릿속은 오로지 산책으로 채워졌다. 아침에는 짖어서 재촉하고 오후에는 유리문을 탕탕 두드렸다.

가끔 우리 집 사람들이 늦잠을 자면 깽깽, 킁킁, 왕왕, 각종 소리를 내며 시끄럽게 굴어서 우리는 동네 사람에게 면목이 없어 일어난다. 그러면서 아침에 듀크의 소리가 들리지 않으면 또 걱정이 되어 일어나니 결과적으로는 똑같은 셈이다.

아침이 되어도 집 주변이 쥐 죽은 듯이 조용할 때는 그야말로 당혹스럽다. 듀크가 마법을 써서 사라진 것이다.

몇 번인가 '듀크 질주 사건'을 경험한 후, 우리는 그때까지 무심하게 보고 흘려들은 듀크의 언동에 관한 지식을 종합해 분석해보았다.

아무래도 듀크의 '밤의 짖음과 아침의 짖음'에는 세 종류가 있는 것 같다. 하나가 밤중에 뭔가 이상한 것이 집 앞을 지나갈 때의 화가 난 짖음. 두 번째가 아침 다섯 시에서 여섯 시 사이에 오는 우유와 신문 배달원과 놀 때 나오는 짖음.

밤에 혼자 쓸쓸히 울타리 안을 어슬렁거리던 녀석에게 건강한 청년의 이른 방문이 얼마나 즐거울까. 끼익! 끼익! 우유 배달원의 자전거가 멈추는 소리와 함께 듀크가 울타리 안에서 아주 정신없이 뛰어다니는 땅 울음 같은 소리가 2층에 있는 내 귀에도 들린다. 가끔 우유 배달원이 간 뒤에 "꿍꿍, 꿍꿍" 울기도 한다는 것 역시 듀크의 언동을 돌이키면서 알게 되었다.

세 번째 짖음은 집에서 산책 동반자가 나오는 기척을 느낄 때다. 그러나 우리가 일어나 최대한 조용히 – 듀크가 떠들지

듀크!
어디 갔다 왔어?!

않도록 ─ 집 안에서 살금살금 뭔가 시작할 무렵, 사람인 우리는 바깥 기척에 조금 더 민감해야 했다.

그러나 산책 준비를 다 마치고 밖으로 나간 뒤에야 "어라, 듀크가 없어!"가 되기 십상이었다. 이렇게 되면 산책 동반자였을 사람이 "듀크, 듀크!" 하고 이름을 부르며 대문까지 달려가 열쇠가 잠긴 것을 확인한다. 대부분 열쇠는 제대로 잠겨 있다.

그러면 "듀크가 또 마법을 써서 밖에 나갔네!"가 된다. 우리가 집에서 나오기만 하면 새까만 대포처럼 쏜살같이 날아오는 듀크가 펑 사라져서 마당에 적막한 공기만 가득한 것이 우리에게는 그저 신비로운 마법처럼 보였다. 우리 집 주변에는 듀크처럼 커다란 몸집이 빠져나갈 길이 없기 때문이다.

우리 집 주변은 세 곳이 철망이고 한 곳은 산울타리다. 네 군데에 나무문이 있지만 전부 열쇠로 잠갔고 듀크처럼 커다란 덩치가 빠져나갈 구멍도 없다. 그런데도 듀크는 사라진다.

어쨌든 듀크가 없어졌다. 마법이니 뭐니 호들갑을 떨 상황이 아니다. 우리 집 사람들은 그날 할 일을 전부 제쳐놓고 사방팔방 뛰어다닌다. 한 명은 대문을 열고 "듀크! 듀크!" 하고 부르며 평소 다니는 산책길을 한 바퀴 돌아보러 뛰어나간다. 한 명은 서둘러 듀크의 밥을 준비해 방탕한 아들이 홀연히 돌아오면 먹을 수 있게 준비한다. 또 한 명은 이 층으로 뛰어 올라가 창문을 열고 최대한 큰 소리로 "듀크, 듀크!" 하고 외친다. 한 명은 경찰서로 뛰어간다. 듀크가 만약 밤중에 도망쳤다면 이미 어딘가의 경찰서에 붙잡혀 있을지도 모르기 때문이다. (하필이면 듀크에게 목걸이를 해두지 않았다.)

이렇게 분업할 수 있는 것은 집에 그만큼 인력이 있을 때이고, 대부분은 한 사람이 두 가지 역할, 혹은 세 가지 역할을 해야 한다. 그래도 최소한 두 명은 있으면 좋겠는데, 그 이유는 듀크가 돌아오기를 기다려 문을 열어놓은 이상 누군가가 집에 있어야 하고 다른 한 사람이 밖으로 나가야 하기 때문이다. 그렇지 않으면 듀크는 혼자 어슬렁어슬렁 돌아왔다가 밥을 먹고 '또 놀다 와야지' 하고 나가버린다.

미리 말하는데, 듀크가 도망쳤을 때 우리가 가장 걱정하는 것은 듀크가 일을 저지르는 것보다 혹시라도 낯선 사람이 듀크에게 위해를 끼칠지 모른다는 점이다. 듀크는 정말 얌전한 개다. 우리 집에는 동네 아이들이 잔뜩 몰려오므로 우리는 듀

크가 강아지일 때부터 사람에게 맞서지 못하도록 "안 돼! 안
돼!" 하고 혼쭐을 내 아이들과 사이좋게 지내도록 가르쳤다.
그래서 듀크는 아이를 좋아하고 어른도 좋아한다. 아무튼 인
간을 좋아한다.

그러나 듀크는 좋아하더라도 상대편은 좋아하지 않을 때가
있다. 어쨌든 덩치가 커다랗다 보니 듀크를 보자마자 갑자기
몽둥이를 드는 사람도 있다.

언젠가 듀크와 산책을 하던 중 어떤 사람에게 마구 짖어서
이상하다 싶었는데, 듀크가 다른 사람과 산책할 때 그 사람이
듀크를 걷어찬 적이 있었다고 들어서 조심해야겠다고 생각했
다. 만약 듀크가 혼자 신바람이 나서 여기저기 돌아다니다가
그런 꼴을 당하면 어쩌지.

듀크가 도망친 순간 제일 먼저 우리가 걱정하는 점이다.

1966년 11월, 듀크가 연속 세 번이나 도망쳤다.

11월, 바람이 심하게 부는 아침에 깬 나는 이 층에서 일 층
으로 내려가다가 밖이 이상하게 조용하다고 생각했다. 그래
서 나보다 먼저 일어난 조카에게,

"듀크 있니?" 하고 물었다.

조카는 아이를 학교에 보낼 준비를 하다가 얼른 밖을 내다보고

"어머, 없어요!" 하고 외쳤다.

듀크가 마지막으로 도망쳤을 때로부터 일 년 이상이나 지나서 우리는 듀크가 마법의 개인 것을 완전히 잊고 있었다.

곧바로 예의 그 소동이 시작되어 조카는 산책길로 뛰어가고 나는 듀크의 밥을 만들며 사방의 창문에 대고 이름을 부르려고 이 층으로 올라갔다.

그렇게 사오 분간 목청 높여 듀크를 부르고 아래로 내려와 '이런, 이래서야 오늘 오전 중의 일정은 다 물 건너갔네. 큰일이야, 큰일' 하고 생각하며, 사람들이 먹을 식사를 준비하고 힐끔 베란다 쪽을 봤는데, 듀크가 '아아, 지쳤어!' 하는 표정으로 데굴데굴 뒹굴고 있는 것이 아닌가.

조금 전에 준비해둔 밥은 벌써 다 먹어치웠다.

이렇게 되면 이번에는 조카를 찾으러 가야 하는데, 이쪽은 사람이니까 한 바퀴 둘러보고 돌아올 것이다. 나는 대문을 닫고 듀크를 혼냈지만, 듀크는 입을 크게 벌리고 헥헥헥헥 웃는 얼굴로 숨을 쉴 뿐이다.

곧 집으로 돌아온 조카가 경찰에도 신고했다고 해서 우리는 당장 철회하러 갔다.

나중에 집 주변을 둘러보니 우리 집과 등을 마주하고 서쪽에 있는 옆집이 불이 났을 때를 대비해서인지 담을 이루는 철망을 잘라 나무문을 만들어뒀지 뭔가. 그 문이 썩어서 전날 밤에 분 바람으로 쓰러진 것이었다.

"아아, 여기야, 여기. 여기가 마법의 트릭이었네." 우리는 고개를 끄덕이며 나무문에 버팀목을 대어서 틈을 막았다.

그런데 다음 날 아침 조카가 또 "이모님, 듀크가 또 나갔어요" 하고 소리쳤다.

얼른 뒷마당의 나무문을 살폈는데 어제 고친 그대로였다. 이쯤 되면 진짜 마법이다.

그러나 마법이고 뭐고 실제로 듀크가 사라졌다. 그래서 우리는 또 뛰어다니고 소리를 질렀다.

나는 이 층에서 소리를 지르며 귀를 기울였다. 어디선가 듀크의 목소리가 들릴지도 모른다고 생각했다.

몇 번이나 소리쳤을까. 새까만 대포알 같은 물체가 울타리 너머에 보였고, 나무문을 넘어 마당으로 뛰어내린 순간 그 포탄은 듀크의 등이 되었다.

내가 이 층에서 뛰어 내려가 밖으로 나가자 '재미있었어!'라고 말하듯이 내게 덤벼들고서는 연못까지 뛰어가 물을 양동이로 두 개분을 마셨다.

그날은 부끄러워서 경찰서에 신고하지 않아 철회하러 갈 일이 없어 다행이었다.

주의 깊게 – 정말 이를 잡듯이 – 집 주변을 점검했더니 우리 집과 남쪽 면이 맞닿은 집의 경계에 설치된 철망 중간의 한 군데에 굵은 인동덩굴이 자라서 울타리를 세울 때 철망을 잘라 덩굴을 살려둔 곳이 있다. 작년 가을에 덩굴이 말라버리자 옆집에서 정원사에게 부탁해 줄기에서 왕성하게 자란 수많은 가지를 쳐냈다. 가지를 잃은 덩굴줄기는 여기저기 꺾여 듀크를 위한 최고의 출입구가 된 것이다.

내가 곧바로 대나무로 잔뜩 막대를 세워 그곳을 막은 것은 말할 필요도 없다.

이번에야말로 듀크의 마법이 사라졌다고 믿었고, 또 듀크의 외출 범위가 생각보다 좁은 것도 알아서 우리는 그날 밤 기분 좋게 베개에 머리를 얹고 잠들었다.

그런데 다음 날 아침, 여섯 시에 대문 초인종이 딩동 울렸다. 나는 잠옷 위에 실내복을 걸친 채 뛰어나갔다.

대문에는 늘 집에 오는 우유 배달원이 싱글벙글 웃으며 서서 "이 녀석이 따라와서요"라고 말했다. 이 녀석이란 듀크였다. 듀크는 지금부터 우유 배달원과 즐거운 산책을 하러 간다는 기대감에 부풀어 뛰어다니고 있었다.

나는 고맙다고 정신없이 인사하며 듀크를 안으로 들이고 묶어 놓았다. 바쁘게 일하는 와중에 싫은 얼굴도 하지 않고, 듀크가 사라지면 우리 집에서 벌어지는 소동을 알고 있다는 듯이 일부러 데리고 와준 청년에게 나는 진심으로 감사했다.

그날은 조카의 아들이 울타리를 돌아보고 대문 아래의 틈새를 메워주었다.

그로부터 며칠간 듀크는 줄에 묶여 있었다. 그러나 나는 개를 묶어두고 키우지 못하는 성격이다. 그래서 아주 조심스럽게 한 번 더 집 주변 울타리를 확인하고, 듀크도 며칠간 묶여 있었으니 깨달은 바가 있으리라 믿고 풀어주었다. 그리고 다음 날 아침, 듀크는 또 사라졌다. 이번에는 부르고 외쳐도, 낮이 되어도 돌아오지 않았다. 우리는 경찰서에 가고 보건소에

35

가고, 또 떠돌이 개가 붙잡히면 처분하기 전에 며칠간 보호한다는 '개 관리소'에도 문의하고서 듀크를 기다렸다.

하지만 우리도 바쁜 몸이다 보니 집에 얌전히 앉아 기다릴 수만은 없었다. 모두 나갔다 들어왔다 했는데, 집에 돌아올 때마다 대문은 여전히 열려 있는 상태였다. 우리는 우리가 생각해도 신기할 정도로 암담한 기분이었다.

듀크의 밥도 집 현관 앞에 내용물만 바뀐 채 허무하게 놓여 있을 뿐이었다.

이날 듀크의 마법의 트릭은 북쪽 이웃집 사이의 울타리였다. 그 집이 개축을 하면서 우리 집에 알리지 않고 철망을 자르고 방치해 아주 커다란 틈이 생긴 것이다. 나는 당장 덧문짝을 가져다가 대고 묶어버렸다.

다음 날 아침, 나는 여섯 시에 집 앞에 서 있었다. 우유 배달원을 기다린 것이다. 곧 사람 좋은 청년이 딸랑딸랑 무거운 자전거 소리를 내며 왔는데, 나는 우유 배달원의 일이 얼마나 바쁜지 그때 처음 알고 놀랐다. 청년들은 일 초도 아깝다는 듯이 시간을 효율적으로 사용하고 있었다. 자전거를 세우고 우유병을 붙잡는다. 옆 골목으로 들어간다. 돌아오자마자 또 새로운 병을 잡고 다른 집으로 향한다.

그래도 내가 일이 어느 정도 끝나기를 기다리며 계속 길에서 있자 청년은 십 초쯤 멈춰서 내 이야기를 들어주었고, 어제부터 듀크를 못 봤는데 보면 알려주겠다고 했다. 그리고 며칠전 아침처럼 싱글벙글 웃으며 "괜찮아요, 돌아올 거예요. 그개는 똑똑하니까요"라고 말했다.

그러나 그 똑똑한 개는 그날도 돌아오지 않았다. 밤에 나는내일 '개 관리소'에 가기로 하고 열 시쯤 누웠다. 열한 시쯤 됐을까, 침상에서 책을 읽고 있는데 복도에서 "꺅! 꺅!" 하는 소리가 들렸다. 화들짝 놀라 고개를 드는데, 목소리의 주인공은조카의 딸로 "듀크가 돌아왔어요!" 하고 외치고 있었다.

나도 모르게 베란다로 내려갔다. 듀크는 베란다에 털퍼덕누워 크게 숨을 몰아쉬며 주변에 모인 우리를 둘러보았다.

조카의 딸은 "어디로 간 걸까. 오늘도 안 돌아올 생각인가?"하고 중얼거리며 밖을 보고 있었는데 커튼 틈으로 듀크의 길쭉한 얼굴이 힐끔 보였다고 말했다.

모두 어디에 갔었는지 물었지만 당연히 듀크가 대답할 리없다. 그래도 돌아와서 듀크도 기쁜지 그날 밤은 베란다에 대자로(?) 누워 쿨쿨 잤다.

이후 듀크는 마법을 쓰지 않았다. 그렇다면 역시 듀크의 마법은 우리가 발견한 세 군데의 구멍이었나 보다. 결국 듀크의 마법은 모두 인간이 만들어냈다.

당시 우리가 듀크를 데리고 걸으면 "아아, 찾으셨군요" 하고 말을 거는 낯선 사람이 있었다. 듀크가 집을 나간 사이 조카가 전단을 수십 장이나 만들어 사방에 붙여 두었기 때문이다.(이것을 떼느라고 우리는 또 고생했다.)

그리고 지나가는 사람의 이야기를 듣고 우리는 듀크의 질주 사건의 제법 자세한 사정까지 알게 되었다. 듀크는 어느날 아침, 산책 도중에 집에 오는 우유 배달원과는 다른 우유 배달원을 쫓아가 제법 먼 가게까지 갔다가 서른여섯 시간 그곳에 묶여 우유를 비롯해 맛있는 것을 얻어먹었다. 우유 배달원은 주인이 찾으러 올 낌새가 보이지 않자 밤늦은 시간에 전날 듀크가 쫓아오는 것을 깨달은 지점까지 와서 풀어주었다고 한다.

지금 내가 해야 하는 일은 마법의 개가 아니게 된 듀크(듀크도 지금은 이름표를 달고 있다)를 데리고 그 우유 배달원에게 가서 감사 인사를 하고, 듀크에게도 하게끔 하는 것이다.

혼자 있을 때
더 좋은 사람이 된다

몇 개월 전에 일이 있어서 영국에 다녀왔다. 떠나기 전에 평소 그다지 친하진 않은 지인에게 여행 이야기를 했더니 "혼자? 혼자서?" 하고 얼빠진 소리를 내며 놀랐다. 어찌나 놀라던지, 여행하던 중에도 자주 그 사람이 떠올랐다.

생각해 보면 여학교 시절 수학여행 이후로 나는 단체 여행을 한 적이 거의 없다. 내가 요령이 좋지 못해 다른 사람을 쫓아다니려고 하면 진이 빠져 생각할 여유를 잃기 때문이고, 또 소란스러운 것을 싫어하기 때문이다. 그렇다고 홀로 여행을 유난히 좋아해서 자주 다니는 것도 아니다. 외출을 꺼리는 나는 용건이 겹쳐서 떠나는 여행이 많고 그러다 보면 자연히 나 홀로 여행이 된다.

혼자 여행을 간다는 소리를 듣고 놀란 친구의 표정에는 모르는 사람들 틈에 오도카니 섞여서 쓸쓸하겠다고 걱정하는 빛이 가득했다. 그런데 나는 독신이어서 혼자 있는 것에 익숙하고 쓸쓸함도 싫지 않다. 그칠 줄 모르고 떠드는 사람과 몇 시간만 있어도 몹시 지치고─다음 날 일어나지 못할 정도다─혼자 있으면서 쓸쓸해서 미치겠다는 생각도 일절 한 적이 없다. 오히려 쓸쓸할 때 감수성이 높아져 주위에 마음을 여는 것 같다.

이것은 나만의─또 나와 비슷한 타입인 사람들이 느끼는 방식일지 모르겠는데, 무언가를 보고 강한 인상을 받았을 때를 떠올려 보면 대부분 혼자 있을 때 경험한 것이다. 지금 머릿속에 떠오르는 예시를 말하면, 몇 년 전 영국 북부의 작은 마을에서 길가의 큰 나무 아래에 싸라기 같은 형태의 분홍색 꽃을 보고 멈춰 선 적이 있다. 한 여성 화가의 발자취를 따라 혼자 그 마을을 이삼일 정도 돌아다녔을 때였다. 걸음을 옮길 때마다 무언가 사무치게 나를 덮쳐왔다. 지금 생각해 보면 나무 아래에 가만히 서 있던 몇 초 혹은 몇 분간 나는 그 화가의 시선이 되어 그 분홍색 잡초의 꽃망울을 보았던 것 같다.

이렇게 눈앞에 있는 것, 또 나를 둘러싼 무언가에 빨려 들어가 아주 잠시간 멍해지는 경험을 지금까지 여러 번 했다.

전쟁 중에 나는 도쿄 교외의 작은 집에 살았다. 어머니가 돌아가시고 아버지가 돌아가시고 가장 친한 친구가 죽고, 나는 그 작은 집에서 마당의 나무를 자르고 감자와 무를 심었다. 전황은 암담했고 내가 하고자 했던 일은 점점 입지가 좁아져서 검소하게 살고 있었다. 집 안을 가지런히 청소하고 창문은 늘 깨끗하게 닦았다.

어느 날, 식사라고 부르기 민망한 그 시절의 식사를 마치고 정리하다가 싱크대 위 창문으로 밖을 내다보았는데, 나무들이 푸르렀고 그 푸르른 나무들 너머로 보이는 하늘이 매우 아름다웠다. 그때 나는 내 몸이 나무들과 나 사이의 공기처럼 투명해진 기분이 들었고, 투명한 몸 안의 심장에서 샘물 같은 것이 콸콸 흘러나오는 것을 느꼈다. 나는 그때 한참이나 죽은 사람과 살아 있는 사람을 소중히 해야 한다고 생각하며 서 있었다.

요즘처럼 매일 소란스럽고 사람에 휩쓸려 허둥거리는 일상을 살다 보면, 내게 그런 순간이 있었던 것을 잊곤 한다. 마치 뇌세포 표피에 두꺼운 막이 쳐진 것처럼 둔감하게 하루를 산다. 그러나 가끔 조용한 시간이 흘러가고 어떤 조건이 갖춰지면 예의 발작(?)이 갑자기 찾아와 놀라곤 한다.

예를 들어 이삼 년 전 여름이 끝날 무렵, 나는 조카와 함께 산속 집에서 며칠간 머물렀다. 조카는 "이모, 조심하세요"라고 인사하고 먼저 돌아갔다. 나는 이삼일쯤 더 머무르며 집을 정리하고 돌아갈 예정이었다. 걸레질을 하고 쓰레기를 태우고 주변의 마른 나뭇가지를 정리하다가 갑자기 그 고요한 감각이 나를 채우기 시작했다. 그 감각은 주변의 나무들에서, 일대의 숲에서부터 나를 노리고 달려왔다. 내 몸에 활기가 넘쳤고, 나는 오로지 조카의 행복 — 아니, 다른 모든 사람의 행복을 빌었다.

나는 혼자 있을 때 더 좋은 사람이 된다고 생각한다. 좀 이상하긴 해도 거짓 없는 진실이다. 원래 서툰 사람이 야무진 사람들을 쫓아가려면 상황을 이해하기 전에 끊어내고 아무 말이나 대충 입에 담으며 먼저 걸어가야 한다. 언제나 어중간하고 조잡하게 사는 수밖에 없다.

내가 생각해도 심하게 둔한 내가 내 방식의 여행을 떠나려면 혼자 가야 한다. 혼자 주변 사람들의 언동에 살짝 쓴웃음을 지으며 돌아다니고, 어느 곳에 도착하면 친구(수다스럽지 않은)가 기다리는 여행이 나는 가장 좋다.

보라색 냄새를 한
휴식

그때 머문 숙소가 어디인지 밝히지 못해 아쉽다. 그 근처에 친구가 살아서 숙소를 밝히면 자기 집에 들르지 않았다고 혼이 날 것이 분명하다. 그러니 어느 산기슭의 여관이라고만 해 두자.

내가 자란 집은 워낙 검소하게 살아서 유람 여행이나 연극 구경과는 인연이 없었다. 그래서 나는 지금도 용건이 없는데 온천에 가거나 문득 마음이 동해서 영화를 보러 가는 일에 익숙하지 않다. 그런데 사오 년 전 어느 날, 무던히도 지쳤다. 사람이 없는 온천에라도 가서 푹 자고 오고 싶은데 그런 곳에 가려면 기차나 버스를 타고 몇 시간이나 시달려야 한다고 친구에게 투정하자, 친구가 괜찮은 곳이 있다면서 그 여관을 알려주었다. 도쿄에서 여관 아래까지 약 세 시간, 단 잠깐이지만 산길을 올라야 하는데 심장이 나쁜 사람이 아닌 이상 괜찮다고 했다.

미리 여자 혼자이고 조용한 방을 원한다고 알리고 저녁에 모임 하나를 끝마치고 기차를 탔다. 도쿄에서 출발한 시간이 초저녁이었는데 역에 도착하니 열한 시가 다 되었다. 낮에는 여관 아래까지 버스가 있다고 하는데 나는 택시를 타고 일러준 곳에 내렸다. 그리고 일러준 대로 산길을 올랐다. 의지 되지 않는 가로등 이외에는 완전한 어둠이었다.

태어나서 처음으로 혼자 떠난 휴식 여행인데 늘 그렇듯이 빈곤한 기질로 인해 책을 넣는 바람에 작지만 무거운 가방을 들고 있었다. 다음 날 보니 그렇게 먼 길은 아니었는데 녹초가 될 정도로 지쳐서 어둠 속에서 몇 번이나 쉬었다. 그때 어둠과 함께 또 다른 것이 나를 둘러쌌다. 냄새였다.

은은하고도 달콤한 보랏빛 냄새. 아니다, 냄새가 나를 둘러

싼 것이 아니라 내가 불현듯 그 어둡지만 색이 있는 세계에 들어갔다는 표현이 어울린다. 내가 무언가에 홀린 듯이 냄새 속을 흔들흔들 걸어가자 앞이 밝아지더니 곧 여관이 나타났다.

다음 날 보니 냄새의 정체는 멀구슬나무였다. 대추처럼 잎이 잔 나무로 작은 송이 같은 보라색 꽃이 피었다. 보기에도 사랑스럽지만 나는 눈으로 보기 전에 아무 예고 없이 냄새 속을 지나온 것에 고마움을 느꼈다.

여관 사람들은 역에서 전화를 걸어주면 좋았을 거라고, 바로 전 기차까지 기다렸다가 안 올 줄 알고 돌아왔다고 말했다. 그러나 만약 안내인이 있었다면 이제 곧 여관에 도착한다거나 이것은 멀구슬나무 냄새라고 설명해주었을 것이다. 그랬다면 나는 여우와 길동무를 한 듯한, 요정 왕국의 문을 지난 듯한 일종의 신비로운 기분을 맛보지 못했으리라.

왕국의 문을 지난 덕분일까, 나는 여관에서 이틀간 정신없이 잠들었다. 나 이외에 숙박 손님은 없었다. 높지는 않지만 언덕이 있는 탓에 이 여관은 주중에는 손님이 없고 단체 손님도 오지 않는다고 했다. 창밖으로 봄기운이 넘치는 나무가 보이고 휘파람새가 울었다.

이 첫인상 덕분에 나는 휴식이라고 하면 보라색 냄새가 나는 언덕 위 여관을 떠올린다.

간다의
시계방

문명기기 중에 나는 시계에 특히 흥미가 있다. 그렇다고 시계 수집가는 결코 아니고 형태가 어떻다느니 보석이 박혔느니 하는 것은 전혀 모른다. 그저 몸이 약하고 특히 최근 사오 년 사이에 눈이 나빠져서 낮에 시간을 잘 활용해야 하는 필요성에서 정확한 시계를 사랑하게 되었다.

나는 최근 칠팔 년간 책상 위의 작은 서랍 위에 작은 접이식 알람시계를 펼쳐 놓고 일하다가 슬쩍 눈을 들어 태양의 운행 상황을 살피고 일을 가늠한다. 청소할 때나 외출할 때는 손목

시계를 본다.

둘 다 스위스 제품으로 알람시계는 팔 년쯤 전에 선물 받았고, 손목시계는 십 년 전에 외국에 여행을 갔다가 홍콩에서 가장 싸고 이름도 모르는 것을 샀다.

그런데 약 삼 년 전에 친하게 지내던 젊은 부부가 일 년간 외국으로 유학을 떠나니 알람시계를 빌려달라고 했다. 그들은 내가 어느 출판사의 몇십 주년 기념 때 알람시계를 받은 것을 알고 있었다. 나는 어느 쪽을 줄지 고민하다가 돈이 필요한 유학 생활이니 내가 써본 스위스 시계가 좋겠다고 판단해 이용하던 것을 빌려주었다.

일 년이 지나 그들이 돌아와서 만나러 갔더니 "고마웠어요" 하고 시계를 돌려주었다. 사실 나는 시계를 본 순간 철렁했다.

바깥 가죽의 색이 변했다 싶을 정도로 닳았고 접히는 부분의 경첩 회전축이 구부러져서 겉과 안이 비스듬하게 맞물려 있었다.

나는 자칫 "미처 알아보지 못했습니다"라고 말할 뻔했지만 묵묵히 시계를 받았다.

집으로 돌아와 잘 닦고, 내 귀에 영 좋게 들리지 않는 소리를 내는 출판사에서 받은 시계와 바꿔 작은 서랍 위에 올렸다.
그런데 움직임이 이상했다. 움직인다 싶으면 멈췄다. 마치 맥
박 난조 같았다.

그래서 젊은 부부가 집에 왔을 때, "그 시계, 이상해졌어"라
고 말하자, 부부가 "그럼 근처 시계방에 가지고 가볼게요"라
며 들고 갔다.

또 한참 후에 와서 '근처 시계방'에서는 망가진 곳이 없다고
했다고 말했다.

젊은 부인은 시계를 내 귀에 대고 "그렇죠? 움직여요"라고
말했다. 실제로 움직여서 나도 고개를 끄덕였다.

그런데 이삼일이 지나자 시계는 완전히 멈춰버렸다.

나는 젊은 부부에게 말하지 않고 시계를 간다의 시계방에
가져갔다.

그 시계방은 내가 간다의 출판사에서 일하던 시절에 종종 신
세를 졌던 곳이다. 이 시계방을 알게 된 것도 친구가 이곳에서
시계를 고쳤더니 일 초도 어긋나지 않았다고 했기 때문이다.

밖에서 보면 그럴싸해 보이지 않는 곳이지만 깔끔한 젊은
승려 같은 점원이 친절하게 설명해주는 곳이다.

회사를 그만둔 후로는 너무 멀어서 간 적이 없는데 알람시계가 고장 났으니 가볼 생각이었다.

　깔끔한 젊은 승려―이제 주인장이 되었을지도 모른다―는 나이를 조금 먹었지만 여전히 가게에 있었고, 내 얼굴을 보고 예전에 본 적이 있다고 기억해주었다. 시계는 용수철이 망가져서 교체해야 했다.

　나는 수리를 부탁하고 이삼일 후에 당연히 다 됐으리라 여기고 찾아갔는데 "상태가 영 신경 쓰여서요. 조금 더 봐도 될까요?"라는 말을 들었다.

　내 시계는 겉이 벗겨져 내장만 남은 상태로 책상 위에 놓여 있었다. 항상 거기에 놓고 손질하는 모양이었다.

　나는 세밑이 가까울 즈음에 다시 찾으러 갔다.

　그런데 그 사람은 머리를 긁적이며,

　"죄송합니다. 조금 더 살펴보고 싶어요"라고 말했다.

　정월이 된 후로는 나도 바빠져서 헛고생하기 싫어 전화를 걸었는데,

　"조금만 더 하면 시간이 딱 맞을 겁니다"라고 했다.

　드디어 "됐습니다"라는 연락을 받아 찾으러 간 것이 정확히

석 달이 지난 후였다.

　수리비는 천백 엔이라고 영수증에 적혀 있었다.

　나는 상쾌한 기분으로 가게를 나오며 이 시계방이 이익을 내긴 할지 걱정했다.

　이렇게 알람시계 교섭을 하는 동안 최근 일이 년 사이에 상태가 안 좋아진 손목시계도 진단을 받았는데, 우리 집 '근처 시계방'에서 여는 방법을 몰라 억지로 열어버린 바람에 이젠 되돌릴 수 없는 상태가 되었는지 "무리입니다"라는 소리를 들었다.

　나는 진심으로 감탄해 일본에 아직 '떡은 떡집에서'(어떤 일이든 전문가가 있다는 뜻 – 옮긴이)라는 말이 통용된다면 이 시계방이야말로 그런 곳이라고 생각하며, 고작 시계 하나라도 요즘 세상에 믿음직한 곳을 찾아 다행스럽게 여겼다.

눈 속에서
떡방아

어려서는 그렇게 즐거웠던 정월은 어른이 되고 보니 전혀
재미도 없거니와 대단한 것도 아니게 되었다. 세상이 분주해
져서 허둥거리다가 어느새 세밑이 되고 정월이 되는 탓도 있
을 테고, 나이를 워낙 많이 먹은 데다가 어느 해의 정월이나
별로 다를 바 없던 탓도 있을 것이다.

그런 내게도 세밑이 되면 떠오르곤 하는 유독 특이했던 떡
방아 찧던 기억이 있다.

전쟁이 끝난 해였다. 그 무렵 나는 농사꾼이 되고자(지금도 이렇게 복잡한 도쿄가 아니라 시골에서 살고 싶은 마음은 여전하지만, 이 제는 뼈마디가 시린 그런 중노동을 할 수가 없다) 여자 친구 셋이서 미 야기현의 어느 촌락에서 살고 있었다.

한 친절한 지인이 그 마을의 높직한 언덕 사이 우묵땅을 밭 으로 일궈도 된다고 빌려주었다. 우리는 여름부터 가을까지, 그 산에서 삼십 분 남짓 떨어진 곳에 있는 농가의 방 하나를 빌려 살면서 밭에 다녔다. 회사에 출근이라도 하듯이 아침에 도시락을 싸서 밭으로 나갔다. 방을 빌려 사는 주제에 산양까 지 사서는 그 아이도 이끌고 갔다. 그리고 종일 나무를 베거나 밭으로 경작한 곳에 씨앗을 뿌리고 호박 심을 구덩이를 파다 가 저녁이 되면 산양을 데리고 농가로 돌아왔다.

빌린 괭이나 거름통을 메고 장래 농원을 일궈나갈 꿈을 정 신없이 얘기하며 아침저녁으로 동네 길을 오가는 여자들을 마을 사람들은 정신머리가 나갔다고 여겼을지도 모른다. 그 러나 우리는 자못 진지했다. 호박을 심을 구덩이를 백 개는 파 고서, 모종 하나당 호박이 몇 개쯤 열려서 그걸 하나에 얼마쯤 받고 팔면 돈이 얼마 얼마가 될 것이라고 열성적으로 얘기했다.(이듬해에 수확한 호박은 예상한 것의 수십 분의 일에 불과했지만 어쨌든 우리는 그걸 읍내로 지고 가서 팔았다!)

그렇게 지내다가 어느덧 1945년 12월 1일이 되었다. 아침에 일어났더니 지면도 나무도 눈으로 연하게 화장을 하고 있었다. 연한 화장이라는 말이 참으로 잘 어울리도록 은은하고 아름다운 풍경이었다. 해가 내리쬐자 눈은 허무하게 녹아내렸으나 다음 날 아침에 일어나보니 밖은 역시나 연한 흰색으로 변했다. 이렇게 화장을 연하게 한 여러 날이 지나다가 우르르 봄이 올 때까지 녹지 않는 묵은눈이 내렸다.

우리는 농가 안방에 모여 망연자실했다. 상황이 이렇게 됐으니 겨우내 꼼짝도 못하고 봄이 될 때까지 옷이나 기우며 얌전히 지내야 한다. 눈을 맞으면서도 호박 구덩이쯤이야 팔 수 있지만 산까지 가기가 고생이었다. 게다가 사 개월이나 남의 집 변소에 비료를 모아 남 좋은 일만 해줄 이유가 없다고 우리는 진지하게 토론했다.

그리하여 나는 친구 한 명과 함께 어느 햇빛 좋은 날에 곡괭이를 짊어지고 산으로 가보았다. 산은 눈에 파묻혔고 하늘은 새파랬다. 남향 경사면에서 구덩이를 파고 있으려니 더워서

땀이 흐를 정도였다. 구덩이를 두 개쯤 파며 우리는 의견을 나누고 마음을 정했다.

우리가 구덩이를 파는 경사면에는 나뭇광으로 쓰려고 떠를 얹어 세운 임시 건물이 하나 있었다. 지붕을 얹었을 뿐인 허술한 집이었다. 이 오두막 주변에 벽을 둘러쳐서 살면 어떨지 예전부터 생각했었는데, 새파란 하늘 아래에서 반짝반짝 빛나는 눈을 헤치며 흙을 파다 보니 투지가 솟구쳐 지금 당장 그 일을 저지르기로 했다.

그로부터 이삼일에 걸쳐 근처 도편수와 청년단 사람들의 도움을 받아 가로 한 칸間 세로 세 칸 크기의 오두막은 참새 둥지처럼 사랑스러운 오두막집으로 탈바꿈했다. 여섯 평 중에 두 평은 봉당, 남은 네 평은 다다미방으로 삼았는데, 경사면에 세운 집이어서 흙을 넣은 크고 작은 섬을 토대로 삼아 어떻게든 평평하게 판자를 놓고 그 위에 휘갑친 돗자리를 깔았다. 봉당과 '다다미방' 사이의 칸막이는 낡아 찌든 장지문이었다. 그래도 그 낡은 장지문을 준 사람들이 놀랄 노자를 외칠 만큼 우리는 즐겁게 내부를 꾸몄다. 통나무로 만든 이 단짜리 침대도 있었고 자그마한 난로도 있었다. 침대에 레이스 커튼(건드리면

부서질 것 같았지만)을 둘러치기까지 했다.

우리는 12월 20일에 그 집으로 이사를 했다. 주변에 집이라곤 한 채도 보이지 않았다. 태양과 눈과 새와 나무와 산양과 눈 위에 발자취를 남기는 산짐승들이 친구였다. 조금도 쓸쓸하지 않았다. 눈이 많이 내린 날을 제외하고는 아침 다섯 시부터 어두컴컴해질 때까지 밖에 나가 일했다. 연료를 절약하려면 그게 제일이었다. 밖에 나가 나무뿌리를 파내고 땔나무를 모으며 돌아다니다 보면 점점 더워졌다. 순서대로 누구 한명이 취사 당번을 맡아 식사 준비를 마치면 종을 울렸다. 지금생각해보면 고작 죽 따위를 먹으며 잘도 힘쓰는 일을 했다 싶어 놀랍다.

우리가 워낙 바지런히 일하니까 집짓기를 도와준 청년들이 오두막을 완성한 축하 잔치를 열자며 다 같이 찹쌀을 조금씩 나눠 들고 와 떡을 만들어주겠다고 했다. 일이 그렇게 된 것은 내가 도쿄에서 보내준 설탕을 받았다고 말한 것도 중요한 원인이었겠지만…… 아무튼 그 해는 도호쿠에도 흔치 않은 냉해가 닥친 해였으니까 이것은 큰 사건이었다.

이리하여 세밑이 다가온 어느 날 저녁, 한 청년이 그냥 걸어도 칠팔 분은 걸리는 언덕 오르막길을 맷돌을 짊어지고 올라왔다. 다른 한 명은 큰 냄비와 밥공기를 들고 왔다. 우엉과 당근을 들고 온 청년도 있었다. 게다가 다들 찹쌀과 차조가 든 꾸러미도 잊지 않고 챙겨 왔다.

우리가 가진 장작 난로는 작았고 솥도 작았다. 거기에 찜통을 올리고 쪘더니 쌀도 차조도 잘 쪄지지 않았다. 난로 주변에 어른 일곱 명이 달라붙어 쌀을 뒤집고 또 뒤집어서 이쯤이면 괜찮겠다 싶을 무렵에 밖은 이미 어두워졌다.

그런데 우리 오두막은 작아서 도저히 맷돌을 안으로 들일 수 없어서 밖에 두었다. 그래서 내가 등불을 들고 맷돌 옆에 서서 빛을 비춰주는 역할을 맡았다. 청년 하나가 떡을 찧고 또 한 명이 떡을 욱여넣었다. 떡은 뜨거울 때 후다닥 쳐야 하는데, 등불 빛으로 자잘한 눈이 팔랑팔랑 그칠 줄 모르고 춤을 추었다.

청년들은 호령하고 땀을 흘리며 떡을 쳤다. 그 옆에 서서 등불을 들고 있던 나만 오들오들 떨었다.

자, 드디어 완성한 떡을 들고 다 됐다고 외치며 오두막 안으로 가지고 들어가자, 오두막 안에서는 낮에 만들어 둔 팥소도

보글보글 끓었고 배급받은 정어리 통조림으로 맛을 낸 떡국 국물도 완성되었다.

보통 그 지방에서 떡을 먹는다면 갓 친 떡을 찢어 팥소 떡, 낫토 떡, 떡국의 세 단계로 먹는 것이 상식이었다. 도쿄에서 받은 설탕을 전부 넣어서 만든 그 팥소 떡만큼 맛있는 떡은 한 번도 먹어본 적 없다고, 우리 일곱 명은 입을 모아 말하며 팥소 떡을 먹어치웠다. 이어서 낫토 떡. 달콤한 떡 다음에 짭조름한 맛이 나는 떡도 아주 절묘했다. 이 떡 역시 모두 몇 개를 먹었는지 모르게 해치웠다. 그다음이 떡국이다. 이것도 맛있었다.

그 지방의 떡국은 무채에 가느다랗게 썬 우엉과 당근을 조금 넣고 맛국물로 한소끔 끓여 떡을 찢어 넣는 방식이다. 담백하니 맛도 좋은 떡국이어서 팥소 떡과 낫토 떡을 집어넣은 뒤인데도 제법 입에 술술 들어갔는데, 그 국물이 특히 좋았다. 나는 그때처럼 맛있는 떡국을 그 후로 먹어본 기억이 없다.

원래 그날 밤은 떡을 먹은 후에 청년들에게 농사일의 이모저모를 차근차근 배울 예정이었는데, 무아지경으로 떡을 먹다 보니 마치 술에 얼큰하게 취하거나 웃음 버섯이라도 먹은

것처럼 얼굴을 마주 보고 아하하 웃느라 바빠 아무것도 하지 못했다. 한참 웃은 뒤에 청년들은 여전히 아하하하 웃으며 돌아갔다. 그때 그건 대체 뭐였을까, 지금 생각해도 참 신기하다.

긴 전쟁이 끝난 뒤이기도 하고 몇 년 만에 배가 터지도록 먹은 덕분에, 살아남으려고 필사적이었던 평소의 긴장감이 풀려버렸는지도 모른다. 지금도 친구들과 그때 떡을 몇 개나 먹었는지 얘기하곤 하는데, 친구 한 명은 스무 개쯤 먹었다고 하고, 나도 한 열대여섯 개쯤은 먹은 것 같다. 지금은 세 개조차 못 먹을 텐데 말이다.

그 때에 우리는 얼마나 굶주렸던 걸까.

진정한
생활

전쟁 중일 때와 패전 직후에는 도시 사람도 시골 사람도 겉보기에 그다지 차이가 없었다. 아니, 시골 사람이 훨씬 나았다, 시골 사람들은 도시 사람들의 기모노나 돈을 등쳐먹고 사치를 부렸다고 떠벌리는 사람도 있는데 나는 그런 짓을 한 사람은 거의 보지 못했다. 그런 짓을 했다면 도쿄 근처거나 다른 대도시 근방, 혹은 지방이라면 대대적으로 암거래를 할 수 있는 부농이지 않았을까.

그런데 전후 이삼 년부터 요사이에 도시의 변모는 대단하다. 도시에 계속 산 사람들은 그런 감각이 없을 것이다. 그러나 나처럼 가끔 도쿄로 나가는 사람은 갈 때마다 놀랐다. 복장은 물론이고 언어도 자꾸만 새로운 것이 생겼다. 거주하는 사람도 많아졌다. 지방은 거의 변하지 않는데 도시는 자꾸자꾸 변해갔다.

그리고 요즘에 이르러서는 지방의 소도시나 농촌에서 처음 도쿄로 상경한 사람이라면 도쿄에 사는 우리가 뉴욕에 가는 것보다 더 놀라지 않을까, 우리는 가끔 이런 생각을 한다.

아무튼 도쿄에는 높은 건물이 세워졌고, 위험해서 사람이 안심하고 길을 건너지 못할 만큼 자동차가 잔뜩 달리게 되었다. 세련된 물건을 파는 가게도 사방에 생겼고, 깔끔하게 차려입은 남녀가 길거리를 돌아다닌다. 전기세탁기를 갖춘 집도 꽤 많다고 들었다. 영화도 매일 올라오고 텔레비전도 볼 수 있다.

그런 광경을 영화로 보거나 신문에서 읽은 시골 청년들은 가끔 도시로 나가는 내게 말하곤 했다.

"도쿄가 환장하게 좋은가벼? 재밌는 걸 할 수 있다더먼유. 도쿄에 어디 쏠쏠한 일자리 없나. 나도 도쿄에 가고 싶수다."

지당한 말씀이다. 그러나 나는 농촌의 촌뜨기가 재미있게

65

지낼 만큼 월급을 주는 일자리는 전혀 모른다고 대답하는 수밖에 없다. 또 젊은 주부들도 이렇게 말한다.

"전기세탁기나 가스가 있으면 도쿄 주부들은 심심해서 큰일이겠어. 하루 내내 뭘 하고 산다우?"

나는 여기에도 만족할 대답을 못한다. 주부들은 종일 여러모로 바쁘다. 자식도 있고 사교 생활도 있으니…… 나는 열심히 머리를 굴려 대답하지만 주부들은 불신과 의심에 찬 표정을 짓는다.

논밭 일로 쫓기는 시골 주부들에게 자식을 돌보는 것은 부업이나 마찬가지다. 젖먹이에게 젖을 물리며 낮잠을 자는 것이 가장 행복한 휴식이라고 한다. 그리고 한 번이라도 좋으니 도쿄 주부들처럼 편하게 지내보고 싶다고 말한다.

이처럼 참 당연하게도 농촌의 수많은 청년은 지금 생활에서 도망쳐 '편하고 재미있는' 대도시로 나가기를 갈망한다. 그리고 그곳에 사는 사람들은 영화를 자주 보기 때문에, 또 전기냉장고가 있기 때문에 자신들보다 뛰어나다는 근거 없는 착각에 빠진다.

하지만 학교 공부보다 영화에 해박한 학생이나 전기냉장고를 가진 부인이 농촌 사람들보다 뛰어나고 말고가 없다는 것은 누구나 잘 안다.

내가 지금 이런 뻔한 소리를 구태여 쓰는 이유는 농촌 사람들의 반성을 촉구한다기보다 도시에 사는 우리가 자숙하기를 원해서이다. 왜냐하면 우리는 부지불식간에, 어느새 이 '문화생활'에 젖어 음악회에 자주 가고 화가 이름을 많이 아는 사람이 훌륭하다는 자만심에 빠지기 쉽다.

농촌 주부들은 우리를 위해 쌀과 보리를 생산해주는데 우리는 그들을 위해 대부분 아무것도 해주지 못한다. 그네들은 쌀을 생산하느라 교육도 제대로 못 받고 똑똑해 보이는 말을 늘어놓지도 못하고 늘상 낡은 옷을 걸친다. 정말이지 이상한 세상이다.

나는 개인적인 취향으로 시골을 선호한다. 시골은 조용하고, 나무도 있고 새도 있다. 전쟁에 시달려 여기로 갔다 저기로 갔다 하던 시절의 어느 날, 하얀 백합이 핀 골짜기에 도착했다. 나는 그때 같이 있던 친구에게 "여기에 살지 않을래?"라고 말했고, 수개월 후에 정말로 그곳에 살게 되었다. 내가 일본의 농촌에 산 것은 그때가 처음이었다. 전부 다 마음에 들었다. 뼈마디가 시릴 정도로 고된 노동도 괴롭지 않았다. 그 마을의 꽃도 새도 사랑스러워서 마치 친구 같았다.

그러다가 어느 날 도쿄로 나왔다. 이 얼마나 복작복작하고 사람이 많은 곳이던지. 부인대회가 열린다고 해서 친구에게 끌려갔다. 몇몇 유명 인사가 연설했다. 성대한 박수가 일었다. 청중 중에서도 몇 사람이 뛰어 올라가 연설했다. 모두 다 부자 연스러웠다. 그저 기세를 높이기 위해 외치는 것처럼 보였다. 감상을 써달라고 종이를 돌려서 나는 '도시에서는 왜 이런 부 자연스러운 일이 벌어지는지요. 새가 지저귀는 소리를 듣고 짐승과 함께 살아온 사람의 귀에는 전부 거짓말처럼 들려요' 라고 적었는데, 나중에 그 대회를 칭송하는 감상만 읽히고 긴 급동의(회의 등에서 긴급을 필요로 하는 안건을 예정된 의제보다 우선 처 리하도록 제안하는 것 – 옮긴이)가 나오더니 미리 써둔 것으로 보이 는 긴급결의문이 새롭게 제창되었다. 나는 어쩐지 겁이 나서 시골로 돌아왔다. 도쿄는 내가 살 곳이 아니다 싶었다.

그런 내가 다시 도쿄로 돌아온 한 가지 이유는 농촌에서는 먹고살 길이 막막했기 때문이다. 나는 친구와 둘이서 직접 일 군 콩밭과 무를 둘러보고 만족하며 길게 탄식했다.

우리는 "이걸로 먹고살 수 있었으면, 이걸로 먹고살 수 있었으면 좋았을 텐데" 하고 반복하고 또 반복해서 말했다.

외지인인 우리는 이렇게 도망칠 수 있지만, 이곳에서 태어난 사람들은 그러지 못한다. 그들은 토지에 묶여 있다. 묶여 있지 않은 자라도 교육을 충분히 받지 못했기에 어딘가로 쉬이 가지 못한다. 그리고 이 사람들은 지금까지 묵묵히 우리가 먹을 쌀과 보리를 생산해주었다.

나는 이 간단한 사실을 책으로는 읽어 알고 있었으나 그곳에 가서 그 사람들과 함께 직접 살아보고 그 사람들을 흉내 내기 전까지는 통절하게 깨우치지 못했다. 내게는 그 무엇과도 바꾸지 못할 사 년간의 감사한 농촌 생활이었다. 우리의 문화 생활이 무엇을 발판으로 삼아 이루어졌는지 배웠다.

또 기회가 생기면 이번에는 취미를 겸해서가 아니라 그 사람들 안으로 돌아가고 싶다. 나는 그곳에 진정한 생활이 있을 것 같다.

꽃 도둑

올해 도쿄의 겨울은 몹시 따뜻해서 우리 집 정원에 대여섯 그루 있는 죽순대 아래의 수선화가 보소반도의 그것처럼 1월에 꽃을 피웠다. 크게 기뻐하며 꽃이 얼른 다 피어나기를 기다렸는데, 2월 초에 내린 눈 때문에 꽃도 봉오리도 얼어버렸다.

눈을 털어내어 집 안에 꽂아 보았는데, 이미 시들고 물컹해져서 회복하지 못했다.

수선화는 이삼 년 게으르게 내버려두더라도 봄이 오면 열심히 꽃을 피우므로 시간에 쫓기는 나로서는 고맙다. 그러나 우리 집 마당에서도 1월에 꽃이 핀다는 것을 알았으니 올해야말로 알뿌리를 파내 열심히 돌보려고 했다.

3월이 되자 이번에는 금붕어 연못 옆, 커다란 꽃잎이 인상적인 나팔수선화의 봉오리가 잎 사이로 쑥쑥 자라나 볼록하게 부풀더니 얇은 종이 같은 망울을 터뜨리며 노란 꽃잎을 드러내기 시작했다.

1월의 수선화가 그렇게 말라버렸으니 이번에야말로 개가 입질이라도 해서 망가뜨리지 않도록 주변에 막대를 세워놓고, 오늘 필지 내일 피지 젊은 사람들과 기대하며 대화를 나눴다.

그러던 어느 날, 대충 세 살쯤 되어 보이는 여자애와 사내애 둘이 연못가에 서서 방싯방싯 웃으며 이쪽을 보는 것이었다. 순간 불길함을 느끼고 주변을 살폈더니 샛노란 것이 연못에 둥둥 떠 있었다.

가까이 가보니 봉오리 열여덟 개가 열네 개로 줄었다. 노란 꽃잎이 드러나 내일이라도 필 것만 골라서 피기 전에 떼어낸 것이다.

"꽃을 꺾었니? 그러면 안 되지. 곧 예쁘게 필 거란다. 꽃이 피면 보러 오렴. 꺾어버리면 불쌍하잖니?"

이렇게 타일렀더니 그때까지 환하게 방싯거리던 두 아이는 화들짝 놀랐는지, 내가 무슨 말을 해도 대꾸 하나 없이 도망쳤다.

아아, 매년 봄이 되면 이런 걱정도 따른다는 것을 새삼스럽게 떠올렸다.

우리 집의 작은 마당은 겨울이면 잎이 거의 다 떨어져 겨울 들판처럼 청정해진다. 여름이나 가을에 우리 집에 들른 사람이 겨울에 다시 오면 마치 다른 집 같다고 한다. 또 겨울만 아는 사람이 봄이나 가을에 오면 역시 같은 정원이냐며 깜짝 놀란다. 이 집에 사는 내게는 그다지 달라 보이지는 않지만, 그래도 봄은 몹시도 기다려진다. 봄이 다가오면 마른 잎 아래의 움을 들여다보며 얼른 나오려무나, 얼른 나오려무나, 재촉하며 마당을 거닌다.

그러나 사랑스러운 봉오리가 고개를 내밀어 이제 곧 꽃이 피겠다고 기대하는 사이, 어디선가 아이들의 목소리가 들려온다 싶다가 그 봉오리가 감쪽같이 사라지는 일이 여러 번 있었다.

바로 옆집 사람도 꽃을 좋아해서 그리 진귀한 것은 아니라도 오랜 세월 친구처럼 지낸 풀과 나무를 키운다. 그런데 외출했다가 돌아오는 길, 집 근처까지 오면 자기 집에도 피는 꽃이 쭈글쭈글 길바닥에 떨어져 있는 광경을 자주 본다고 했다.

"혹시나 해서 조마조마 돌아오면 역시 우리 집 꽃이지 뭐예요. 아이고, 가끔은 가슴이 무너질 것 같다니까요."

옆집 사람은 종종 푸념한다.

"그러니까요. 꺾으면 그걸로 끝이잖아요."

"꽃병에 꽂아준다면 그나마 나은데……."

우리의 이런 한탄은 제법 오래 이어진다.

나는 아이들이 어떤 마음으로 남의 집 꽃을 꺾는지 생각해 보곤 한다. 사실은 나도 어려서 애간장이 탈 만큼 남의 집 꽃을 갖고 싶었다. 그 열정적인 소유욕에 어떤 이름을 붙이면 좋을꼬.

내가 자란 곳은 도쿄 근처의 작은 정町(일본의 행정구역 단위. 우리나라의 읍이나 면 정도에 해당한다. –옮긴이)인데, 우리 집에서 삼사 분쯤 걸으면 밭이 있고 농가가 있었다. 그리고 가장 가까운 농갓집 대문 옆에 매년 진보라색 제비꽃이 군집을 이루어 피었다. 커다란 그루터기처럼 뭉친 제비꽃이 내 눈에는 세상없이 아름다워 보여 봄에 성묘 등으로 그 집 옆길을 지날 때면 행랑채 옆까지 달려가 올해도 피었는지 살폈다.

어느 날 해 질 녘, 나는 언니 혹은 친구, 아무튼 여자애 한 명과 제비꽃 그루터기 옆에 서 있었다. 우리는 그 꽃을 꺾으러 간 것이다. 나는 보는 사람이 없는지 확인하고 제비꽃 그루터기를 꽉 거머쥐었다.

그때, 행랑채 안에서 누가 나오는 소리가 났다. 우리는 조심히 숨어들 속셈이었는데, 살금살금 걷는 발소리가 문 안의 사람에게 들렸을지도 모른다. 나는 정신없이 제비꽃을 잡아당겼다. 제비꽃은 내 손 안에서 으드득으드득 뜯어졌다.

대문에서 누가 나왔을 때, 우리는 뿔뿔이 도망쳤다. 그 사람과 우리는 고작해야 두세 칸 거리쯤 떨어졌을 뿐이어서 그 사람에게는 우리가 잘 보였을 것이다. 그러나 그는 고함을 지르지 않았다. 어쩌면 겨우 제비꽃을 꺾고서 걸음아 나 살려라 도망치는 어린애의 모습이 그 사람—나는 그 사람이 새까맣다는 것만 알지 어른인지 아이인지 남자인지 여자인지 몰랐다—에게는 우스꽝스럽게 보였을지도 모른다.

그리고 또 하나, 내 소유욕을 한계치까지 자극한 것이 있으니, 이번에는 꽃이 아니라 죽순이었다.

우리 집은 마을의 북쪽 끝에 있었고 다니던 소학교는 남쪽 끝에 있어서 나는 매일 제법 먼 길을 걸어 학교에 다녔다. 당시 우리 마을은 아직 개발되지 않아 뒷길에 대숲이 아주 많았다. 봄이 되면 마른 잎 아래에서 죽순이 비죽비죽 고개를 내밀었다. 가끔 길에 자라는 것도 있었는데, 그런 것들은 보통 사내애들이 먼저 차지했다.

내가 울타리 너머를 구경하면서 우리 집에도 대숲이 있으면 좋겠다고 얼마나 바랐는지 모른다. 딱히 배가 고파서 먹고 싶은 마음에 그런 것은 아니다. 죽순을 좋아하기는 했지만, 먹는 것보다도 땅딸막한 고개를 내민 죽순, 일 척 정도로 자란 그 죽순을 보다 보면 오싹하리만큼 갖고 싶어졌다.

어느 날, 친구와 하굣길에 철도 옆 주인 없는 대숲에 들어가서 죽순을 캐기로 했다. 그러나 그곳은 원래 황무지여서 아무도 돌보지 않아 조릿대 정도 굵기만 자랐다.

그곳을 한동안 뒤지다가 누가 먼저 말을 꺼냈는지는 모르겠지만 우리는 매일 훔쳐보던 굵은 죽순이 자란 대숲으로 들어갔다. 그때 스릴감이란 대단했다. 여기도 저기도 손이 닿는 곳마다 땅딸막하고 통통한 보물 같은 죽순이 비죽비죽 자라 있었다. 꿈결 같다는 것이 이런 광경이 아니겠는가.

나는 바로 옆의 굵직한 것을 안고 이리저리 흔들었다. 곧 뿌리가 우두둑 꺾였다. 그 죽순을 껴안고 나는 달렸다, 달렸다. 뒤에서 누가 쫓아오는 것만 같았다. 그때 머릿속이 얼마나 혼란했는지 떠올리면 아마 꺅꺅 비명을 지르며 달렸을지도 모른다.

우리는 한참이나 달려 멀리까지 와서 견줘보았는데, 친구가 가져온 죽순보다 내 것이 훨씬 더 굵었다. 친구 집까지 가자, 친구의 엄마도 친구도 내게 바꿔 달라고 부탁했지만 나는 바꾸지 않았다. 그대로 집으로 가지고 갔다.

어머니에게는 철도 선로 옆에서 가져왔다고 말했다. 어머니는 묘한 표정을 짓긴 했지만 의심하진 않았는지, 내가 가지고 논 후에 꼭대기의 부드러운 부분을 잘라 뎃카미소(된장에 뿌리채소, 콩, 우엉 따위를 넣고 참기름으로 볶아 설탕, 미림, 고추 등으로 버무린 된장 – 옮긴이)를 만들어 가족에게 먹였다. 나는 자랑하고 싶으면서도 두려웠다.

내 마당에 어린 꽃 도둑이 올 때면 나는 지금도 이 기억이 떠오른다. 그래서 발끈 소리를 지를 뻔하다가도 어떻게든 참고, 아이들에게 말을 걸려고 한다.

파장이
맞는 친구

내가 책방에서 일도 하고 책을 몇 권 쓰거나 번역도 하다 보니 이따금 어떤 책을 읽으면 좋을지 묻는 사람들이 있다.

그때마다 곤란한데, 사실 나는 책을 거의 안 읽기 때문이다. 나는 일하는 요령이 나쁘고 느려서, 특히 일을 시작한 요 몇 년은 아침부터 밤까지 일에 파묻혀 사느라 일 이외의 활자를 볼 시간이 없다.

이래서는 안 된다고 생각은 한다. 가끔은 그림을 보러 가고 모임에 나가 사람들의 의견을 듣고 책도 많이 읽어야 일에 도움이 된다. 그런데 그렇게 하면 매일 하는 일에 지장이 생기니 딜레마다.

언제던가 감기에 걸렸을 때, 매일 구독하는 신문을 천천히 시간을 들여 읽었는데 두 부를 읽는데 글쎄 하루가 꼬박 걸렸다. 외교나 경제에 대한 지식이 없어서 어떻게든 이해하려고 곱씹으며 읽었기 때문이다.

그때 매일 신문을 읽는다고 생각했는데 사실은 머리기사만 훑어봤음을 깨달았다. 집에서는 아침밥을 먹으며 서너 명이 신문을 한 장씩 돌려 읽고 각자 일을 시작한다. 하루 일감을 끝내면 석간이 또 도착하므로 조간을 다시 들춰볼 여유가 없는 날이 대부분이다.

이런 수박 겉핥기식 시국 인식으로 세상을 파악했다고 자만하면 안 된다. 신문도 이런 상황이니 읽고 싶은 책에 이르러서는 더 하다. 저 책은 여유가 생길 때를 위해 사두자고 쪽지에 적어두지만 어느새 시간이 흘러 쪽지가 어디론가 사라지기도 하고, 읽어야 하는 책이 줄줄이 생기기도 한다.

이런 내게 '요즘 추천하고 싶은 책은?'이라는 설문조사가 오거나 '어린이에게 무슨 책을 읽히면 좋을까요?'라고 누군가가 질문한다. 설문조사는 조금 켕기지만 답변을 보내지 않으면 그만인데, 직접 마주 보고 그런 질문을 받으면 나는 얼굴이 새빨개져서 어물어물한다.

더욱 곤란할 때는 젊고 활기찬 여학생이 물어올 때다. 나는 머리를 열심히 굴려 몇 안 되는 애독서 중에서 "×××은요?" 하고 책 이름을 말한다.

"그건 읽었어요"라는 대답이 돌아온다.

"□□□은?"

"그것도 읽었어요."

이렇게 몇 번 반복하면 내 머릿속의 재료가 떨어진다.

나는 결국 쭈뼛쭈뼛 변명을 늘어놓는데, 가끔은 이런 소리를 퍼붓고 싶다.

"당신, 그런 책을 읽었다면 앞으로 어떤 책을 읽고 싶은데요? 지루함을 달랠 책이에요? 아니면 심심풀이로 읽을 책이에요?"

요즘 젊은 사람들은 확실히 책을 많이 읽는다. 다 시대상 때문일 것이다.

책을 만드는 일도 요즘은 마치 경공업처럼 바뀌어서 쓰는 사람과 그것을 책으로 만드는 사람이 컨베이어 작업을 하며 매월 끊이지도 않고 책을 낸다. 그러지 않으면 책방이 유지되지 않는다. 쓰는 사람도 큰일일 것이다.

그러나 사람이란 눈에 흔히 보이는 것은 소중히 여기지 않는 습성이 있다. 요즘 들어 책은 마치 소모품처럼 되어간다.

읽고 또 읽어도 가슴속에 조금도 남지 않는다. 읽은 다음 날이면 잊어버린다. 책이 그런 것이 되어 슬프다.

나는 본래 속이 좁은 사람이고 청탁 병탄하지 못해 스스로 생각하기에도 곤란하다 싶은데, 아무튼 이런 사람이다 보니 나와 파장이 잘 맞는 친구, 파장이 잘 맞는 책을 발견할 때의 기쁨이 또 각별하다.

무작정 좋거나 마음이 맞는 것과 좀 다르게, 사람에게는 아직 알려지지 않은 과학적인 법칙—예를 들어 체질이나 기질 같은 것으로 인해 서로 완벽하게 이해하는 사람이나 세상을 바라보고 느끼는 방식이 있는 것 같다. 내가 이를 두고 '파장이 맞는다'고 표현하면 친구들이 이상하게 여기거나 재미있어하는데, 아무튼 나는 자신의 파장을 다른 사람 안에서 발견하는 것이 인생의 행복 중 하나라고 믿는다.

그래서 책을 닥치는 대로 마구잡이로 읽고 버리는 버릇이 붙으면 파장이 맞는 책과 만나도 깨닫지 못하고 지나쳐버리지 않을지 우려된다.

나의 사적인 회상을 더듬었을 때, 자신의 파장과 정확히 맞는 책과 부딪쳤다고 의식한 것은 스무 살 무렵이었다. 당시 나는 영어를 공부했는데, 다니던 전문학교에서 학생 공동 연구로 세계의 여류 문화전을 열었다. 나는 여러 학생과 함께 독일과 미국의 여성 작가의 업적을 조사했는데, 그때 우연히 미국 작가 윌라 캐서Willa Cather의 《A Lost Lady》라는 장편보다 조금 짧은 소설과 만났다. '우연히'라고 적은 이유는, 내가 담당한 분량에는 이 사람이 포함되지 않았는데 다른 책을 찾으러 마루젠 서점에 갔다가 염가본 사이에 섞여 있던 그 책을 정말 아무 생각 없이 샀기 때문이다.

과장해서 말하면 이 소설은 내 영혼에 스며들었다. 큰 기복도 없이 한 여성의 삶과 그를 지켜보며 성장기를 보낸 소년의 애정을 차분하게 그렸을 뿐인데, 나는 그 책을 읽고 인간 존재의 '선함'에 감동해 희망과 행복을 느꼈다.

나는 이 책을 친구에게 빌려주었는데, 갈등도 없이 차분한

서술이 이어질 뿐이어서 재미없다는 사람이 더 많았다.

그때 이후로 신기하게도 서점의 서가 앞에 서면 Willa Cather라는 문자가 눈에 확 들어왔다. 나는 돈이 충분하면 그 책을 샀고 살 수 없으면 서서 읽었다. 책을 읽는 동안에 나는 망아忘我라고 해도 좋을 상태에 기분 좋게 빠져들 수 있었다.

젊은 시절에 이런 작가와 만난 것은 행복이라고, 나는 진심으로 생각한다.

언제던가, 학교를 졸업하고 한참 지나서 간다의 고서점을 돌아다니다가 우연히 윌라 캐서의 번역서를 발견하고 서서 읽어보았다. 그런데 내가 영어로 읽고 나만의 방식으로 머릿속에서 그린 이미지와 전혀 다른 것이 그 책에서 펼쳐졌다.

'아니지, 이건 아니야. 이래서야 다른 인물이잖아'라고 생각하며 나는 발췌독했다.

내게 이 책의 인물은 생생하게 살아있는 존재였기에 번역서에서 전혀 다른 얼굴을 한 인물이 나오는 것이 너무 곤혹스러웠다. 나는 책을 내려놓고 가게에서 나오려고 했는데, 그 책 생각에 정신이 팔려 다른 사람과 부딪힐 뻔했고, 그 사람이 내 어깨를 톡톡 쳤다.

놀라서 바라보았지만 누군지 알 수 없었다. 가만히 몇 초쯤 살펴본 후에야 그 얼굴은 안개를 헤치고 나오듯이 가까이 지내는 친구의 얼굴이 되었다. 나는 민망함을 숨기려고 크게 웃고 친구와 함께 근처 식당에 가서 식사를 했다.

나는 비교적 차분한 성격이어서 무언가에 깊이 파고들지 못하는 면이 있어 아쉬운데, 이때만큼은 내가 생각해도 놀라웠다.

내가 파장이라는 말을 발명한 것은 그 후였다. 나는 인생을 천천히 걸으면 분명 한두 명쯤 이렇게 완벽하게 이해하는 친구나 작가와 만나리라 믿는다. 정신없이 바쁜 시대를 사는 젊은 사람들을 안타깝게 여기는 동시에 최근 들어 발걸음도 위태로워진 스스로에게도 정신 차리라고 따끔하게 타이른다.

분홍색 옷을
입은 생기

나이가 몇 살이더라도 젊고 건강해 보이는 사람은 옆에서 보기에 참으로 흐뭇하다.

얼마 전에 이런저런 일이 한꺼번에 일어나 녹초가 되어 이러다가 몸져눕거나 정신이 나가지 않을까 걱정한 시기가 있었는데, 그때 문득 일에도 열정적이고 남에게 힘을 주는 사람들은 대체로 몸가짐이 단정하고 은근히 세련됐다는 생각이 들었다.

그런 사람 중 하나가 H 부인이다. 이분은 내 언니가 여학교에 다니던 시절, 즉 지금으로부터 사십여 년 전에 언니의 선생님이었다. 당시 나는 아직 소학교에도 들어가지 않았던 나이인데, 언니들이 그 분을 S 선생님, S 선생님이라고 부르며 야단이어서 기억한다. 그 후에 S 선생님은 결혼해서 G 부인이 되었다.

학자와 결혼했고, 풍만한 몸을 새까만 기모노로 감싸고서는 내게 신랑감을 찾아주겠다고 말하던 차분한 부인이었다고 기억한다. 여러 번 뵙긴 했지만 당시 G 부인은 몸집이 큰 사람이라는 것 말고는 내 흥미를 전혀 끌지 않았기에 얼굴이 어떻게 생겼는지도 가물가물했다. 그 부인이 이후 집을 나왔고 G 씨와 이혼했다고 들었을 때는 놀랐다.

그런데 얼마 전, 나는 오랜만에 학교 동창회에 갔다. 그랬더니 쉰 전후로 보이는 포동포동한 부인이 낭랑한 목소리와 뛰어난 재치로 웃음을 유발하며 사회를 보고 있었다. 누구인가 싶었다. H 부인이라고 친구가 가르쳐주었는데 나는 그 이름을 몰랐다.

곧 다른 친구 하나가 저분이 학자와 결혼했던 그 부인이라고 알려주었다.

나는 놀랐다. 내가 기억하는 G 부인과 저 H 부인은 전혀 다른 사람 같았다. 어쨌든 내가 전에 부인을 뵌 것은 전쟁 전이었으니 이번에 뵙기까지 십수 년의 세월이 흘렀다.

내가 놀란 것은 부인이 나이를 먹어 할머니가 되었기 때문이 아니라 전혀 다른 사람처럼 생기 넘치고 젊어 보였기 때문이다.

나는 몹시 반가워서 동창회가 끝나고 부인 곁으로 가서 언니의 이름을 말하고 동생이라고 나를 소개했다.

부인은 순간 내 말을 못 알아들었는지 "으응?" 하고 나를 무심히 쳐다보았는데, 곧 생각이 났는지 "아아, 후미의 동생이로구나" 하고 웃었다.

나는 동창회에서 돌아오며 이런저런 생각에 잠겼다. 학자의 아내로서의 생활과 지금의 생활(부인은 현재 남편과 함께 출판사를 경영한다고 들었다) 사이에는 분명 남에게 말하지 못할 괴로운 단층이 있지 않을까.

그리고 부인은 그것을 극복하고 과거의 일로 순조롭게 정리했기에 내가 갑자기 예전 이야기를 꺼내자 금방 떠올리지 못했던 것 아닐까. 분명 지금 부인은 행복하겠지.

재혼 후에 태어난 따님도 최근 결혼했다고 한다.

나는 집에 돌아와 곧바로 언니에게 편지를 썼다. 그날 본 H 부인의 모습을 최대한 정확히 알리고 '선생님의 손톱 때라도 마셔'라고 적었다.(훌륭한 사람에 감화되어 그 모습을 본받으라는 뜻이다. ─옮긴이)

언니도 전쟁을 겪으며 선생님과 인연이 끊겼다.

남편을 잃은 언니는 전쟁으로 집이 불탔고 가업은 망했으며, 아들들은 병에 걸리거나 직장을 잃었다. 아직 나이를 그렇게 많이 먹은 것도 아닌데 얼굴을 보면 돌아가신 엄마를 빼닮았다는 생각이 든다.

언니는 내 편지를 받고 옛 은사를 찾아갔다고 한다. 두 사람은 예전처럼 사이가 돈독해져서 '선생님', '후미'라고 친근하게 부른다는데, 나란히 선 둘을 모르는 사람이 보면 언니 쪽이 나이가 많다고 여길 것이다.

그래도 나는 언니가 선생님을 만날 때마다 생기를 조금씩 나눠 받는 것 같아 기뻤다.

사람의 활기나 생기란 환히 잘 보이기 때문에 기운이 없을 때면 정말 고마운 존재다.

애초에 우리 자매는 평범한 가정에서 자란 탓인지, 화려한 차림도 하지 않고 술을 마시며 떠드는 것도 싫어한다. 얼마 전에 십수 년 전에 산 분백분 한 상자가 아직도 남아 있다고 말하자 친구가 황당해했다. 나 역시 속으로는 이래서야 좀 곤란하지 않을까 싶었다.

아마 예순을 넘겼을 H 부인이 얼굴에 백분을 바르고 외모를 가꾸어 쉰 살쯤으로도 보이는 것은 단순히 꾸몄기 때문은 아니다. 내게는 그 모습이 자기 자신보다 외부 사회를 향한 흥미를 드러내는 것처럼 보였다. 아침부터 밤까지 외모에만 열을 올리는 것이 아니라 H 부인처럼 자식도 키우고 일도 하면서 분을 발라 젊어 보인다면 그만큼 건강하다는 소리일 테니 부러웠다.

언젠가 읽은 책에 외국 정신병원의 여성 환자 병동에는 미용실이 있고 환자에게 미용을 해준다고 적혀 있었다. 그 결과, 환자의 흥미가 유발되어 정신이 정상으로 돌아오는 사례도 많다고 하는데, 어느새 외모를 돌보지 않게 된 내 생활을 떠올리면 이상한 듯하기도 하고 두려운 기분도 든다.

최근 외국으로 여행을 다니기 시작하면서 새삼스럽게 놀랐는데, 내 옷장 안에 든 옷이 이것도 저것도 오래되어서 전쟁을 겪는 동안 옷을 몇 벌이나 지었는지 생각해보았다. 달리 돈을 쓸 곳이 있었으니 변명이 되지만, 새롭고 느낌 좋은 복장에 돈이 꼭 필요한 것은 아니다.

행장을 꾸려준 지인과 옷을 장만하러 시내에 갔는데, 내가 고른 회색과 흰색 무늬를 보더니 그 사람이 "안 돼요" 하고 막았다. 그 대신 분홍과 흰색 무늬를 골라주었다.

젊어서는 남에게 옷 선택을 맡긴 적이 없었는데, 나이를 먹어서 다시 옷을 지으려고 하니 감히 엄두가 나지 않았다. 놀랄 노릇이다.

어쨌든 긴 세월 – 대충 수십 년이나 옷에 대해 즐겁게 머리를 굴려본 경험이 없으니 당연하다면 당연하다.

이후에 그 사람이 만들어준 분홍색 옷을 입고 외출했더니 다들 "건강해 보이세요"나 "몸이 좋지 않으시다고 들어서 걱정했는데 아주 좋아 보이시네요"라는 소리를 했다.

이런 소리를 들으면 이쪽 역시 기운이 난다. 꼭 옷 때문은 아니겠지만 분홍색을 입지 않았던 때보다 훨씬 식욕도 생기고 웃는 일도 많아졌다.

나도 언제까지나 생기 넘치게, 나뿐만이 아니라 다른 사람에게도 밝은 기운을 주는 사람이 되고 싶다고 다짐했다.

옷장의
기누

미국으로 가는 배에서, 같은 방을 쓴 부인이 뭐가 제일 마음
에 걸리는지 물어서 주저하지 않고 '고양이'라고 대답했다가
웃음을 샀다.

전에도 언급했을지 모르는데, 그 부인은 공부를 위해 자식
과 남편을 홍콩에 남겨두고 미국에 가야만 했던 사람이다. 가
고 싶지 않다고, 싫다고 입버릇처럼 중얼거려서 성심껏 위로
해주었는데 성공했는지는 잘 모르겠다. 그래도 샌프란시스코
에서 세관 검사를 받느라 모두 우왕좌왕해서 느긋하게 작별

을 고하지도 못하고 헤어지려던 차, 부인은 내 손을 꼭 붙잡고 당신과 같은 방을 써서 정말 기뻤다고 말해주었다.

그 부인은 독신인 내가 가장 마음에 걸려 하는 것이 무엇인지 궁금했으리라. 그래서 서두에 쓴 그런 질문을 했을 것이다. 내가 '고양이'라고 답하자 부인은 전혀 상상을 못했는지 큰 소리로 웃었다.

나는 설명했다. 일본을 떠나기 직전, 나는 향수병에 심하게 걸렸다. 일본의 모든 것이 어두컴컴하게 보였고 작별을 견디기 어려웠다. 그래도 배를 탄 이후에는 내가 아무리 걱정해도 도움이 되지 않는다고 생각을 고쳤다. 머릿속에 떠오르는 이 친구도 저 친구도 모두 믿음직스럽게 여겨졌다. 가난하지만 모두 당당하게 살아남을 것이라고 믿었다. 하지만 고양이는 내가 왜 갑자기 집에서 사라졌는지 모르니 당황하지 않을까? 일본을 떠나기 전에 일주일쯤 간사이 지방을 여행했을 때도 고양이는(이름은 오기누 씨라고 한다) 집을 나갔고, 내가 도쿄로 돌아오고 이삼일쯤 지나서야 돌아왔다.

마침 그 시기가 여름이어서 오기누 씨 몸에 벼룩이 붙었다. 나는 기누가 낮잠을 잘 때를 노려 붙잡고 벼룩을 잡았다. 당시 우리 집에 머물던 여자애가 내가 여행을 떠난 사이에 내 흉내를 내서 기누를 붙잡았다. 기누는 짜증을 내며 여자애의 손을 할퀴었다. 그러자 여자애는 기누를 때렸다. 기누는 화가 나 집을 나갔다.

이런 연유로 내가 간사이에서 돌아왔을 때 기누는 집에 없었다. 그리고 이삼일 후에 돌아온 기누는 열흘간 남의 집 창고에서 뒹굴었는지 온몸에 깨라도 뿌린 것처럼 벼룩이 득시글했다.

이 무렵에 기누는 몇 번째인가의 출산을 앞두고 커다란 배를 늘어뜨리고 걸어 다녔다. 기누는 출산할 때마다 내게 뒤처리를 할 책임이 있다는 듯이 나를 부르러 오곤 했다. 그래서 나는 옷장 안에 고리짝을 준비하고 문을 살그머니 열고서 기누가 들어 있는 고리짝 안으로 손을 넣어야 했다. 내가 손을 물리고 일을 할 때마다 기누는 옷장에서 나와서는 아직 출산이 끝나지 않았는데 왜 그러느냐고 물으러 왔다. 때로는 갓 태어난 새끼를 질질 끌며 오기도 했다.

그래서 나는 매번 기누의 출산일을 걱정했다. 부디 일요일이기를 바라며, 최대한 그 전에 일을 정리해두려고 신경 썼다.

기누가 눈에 넣어도 안 아플 정도로 귀여워서라기보다 출산할 때마다 반쯤 미치는 이 겁쟁이 고양이 때문에 집을 보는 다른 사람이 허둥거리면 미안하기 때문이다.

그러나 기누의 이번 출산은 아무리 셈해보아도 내가 요코하마에서 출발한 뒤일 것 같았다. 집을 봐줄 사람도 바뀔 예정이었다. 길고양이였다가 집고양이가 된 고양이의 공통점인데, 기누는 사람을 좀처럼 따르지 않았다. 1년간 집을 비우는데 어쩌면 좋을지 고민하는 내게 한 친구가 잘 얘기해두라고 충고해주었다. 충분히 설명해주면 고양이도 이해해준다는 소리였다.

그래서 나는 도쿄를 떠나기 사흘 전에 기누를 붙잡고 내가 일 년간 사라지는 이유를 설명하고, 집을 봐주는 사람들에게 폐를 끼치지 말고 얌전히 있으라고 반복해서 들려주었다. 내 착각만은 아닐 텐데, 그 후로 기누는 제법 말을 잘 알아들어서 우리가 식사를 하면 마치 같이 밥을 먹는 것처럼 식탁에 앉아 우리의 대화에 귀를 기울였다.

내가 집을 비울 때면 늘 그랬듯이 기누는 내가 며칠 지나면 다시 돌아온다고 고양이 나름의 본능으로 판단할 것이다. 그

러나 이번 여행은 열흘이나 스무날로 끝나지 않는다. 배를 탄 뒤, 밤에 흔들리는 침대 위에 누워 나는 나를 찾으며 집 주변을 배회할지 모르는 기누를 생각했다.

"말하면 알아듣는 사람은 걱정하지 않아요. 하지만 고양이는 내가 사라지면 이상하게 여길 테니까" 하고 나는 홍콩에서 온 부인에게 설명했다.

샌프란시스코로 상륙한 나는 미국 여기저기를 사나흘씩 묵으며 바쁘게 돌아다녔다. 모든 것이 새로운 동시에 책에서 읽은 친숙한 이름을 사방에서 만났다. 저 산이 뭔가요? 물으면 살리나스라고 한다. 아아, 존 스타인벡의 고향인 그 산이구나. 동서 문화가 뒤섞인 요즘 일본인의 지식 본보기가 그야말로 내 안에 있었다. 편지를 나누며 친구가 된 사람들과 가는 곳곳에서 만났다. 눈 깜짝할 사이에 한 달이 흘러 향수병의 허울도 맛보지 않았으니(맛볼 여유도 없었다) 도쿄를 떠나기 전의 나 자신을 기억하는 나로서는 참 뜻밖이었다.

나는 뉴욕에 도착하면 자리를 잡아야지, 뉴욕에 도착하면 자리를 잡아야지, 하고 이 아무리 가도 끝이 없는 대륙을 횡단하며 누차 다짐했다. 돌아다니는 것에 영 익숙하지 않아 한곳에 잠시라도 머물지 않으면 내가 본 것을 정리하지 못할 것 같았다.

드디어 어느 날 아침, 뉴욕에 도착했다. 그 전날까지 머물던 곳에서 친절한 친구가 충고해주었다. 그 도시에서 뉴욕으로 들어가려면 철도 노선이 두 가지 있는데, 하나는 공장지대를 통과해야 해서 외국인의 첫 뉴욕행에는 적합한 노선이 아니다. 다른 하나는 전원풍경을 구경하며 허드슨강을 따라 올라가는 노선이니 이쪽을 추천한다고 했다. 그래서 그 철도를 골라 이미 익숙해진 미국의 밤 기차를 타고, 아침 여섯 시에 깨워달라고 짐꾼에게 부탁했다.

침대 벨이 따르릉따르릉 울려서 눈을 뜨자 약속대로 다음 날 아침 여섯 시였다. 얼른 커튼을 걷고 밖을 내다보았는데 아쉽게도 보슬비가 내렸다. 역시 허드슨강이다 싶은 거대한 물줄기가 보였고 주변 풍경은 사이타마의 란잔과 비슷했다.

채비를 마치고 유명한 마천루가 이제 보이나 저제 보이나 기다렸다.

뉴욕은 역시 컸다. 벽돌과 콘크리트 건물이 보이기 시작하고서 시간이 한참 지나도 기차 속도가 좀처럼 줄어들지 않았다. 마침내 어둡고 거대한 그랜드 센트럴 스테이션으로 들어갔다. 역 안에서 택시를 탈 수 있는 구조여서 바깥 건물이 얼마나 높은지 잘 모르겠다. 양쪽에 보이는 쇼윈도는 도쿄의 것보다 몇 배나 튼튼하고 몇 배나 깔끔했다. 그리고 길거리에 도쿄 정도로 많은 인파가 돌아다니지 않았고 자동차 수도 상상보다 적었다.

그러나 이후 볼일을 보려고 건물 번지를 찾아 빌딩 입구에선 짐꾼에게 목적한 사무실이 어디 있는지 묻고 '오십오 층'이라는 대답을 듣자 비로소 뉴욕에 온 실감이 났다. 가랑비가 내려 깜박하고 하늘을 올려다보지 않았는데, 그날은 유명한 엠파이어스테이트 빌딩 정상이 안개에 숨어 보이지 않았다. 나중에 빌딩 정상을 목격했을 때보다 이게 더 놀라웠다.

친구 집에 도착한 일본에서 온 편지에는 기누가 옷장에서 착하게도 네 마리의 새끼를 낳았고 흠잡을 데 없이 모성을 발휘하고 있다고 했다. 내 설교가 먹혔는지, 아니면 내 걱정이 극성 부모 같은 마음이었는지 모르겠지만, 어쨌든 이 거대한 광물의 결정체처럼 보이는 미국의 대도시에서 고양이 소식을 접하고 안심했다.

어머니와 함께한
마지막 일 년

어머니 얘기가 신문에 실린다고 하면 제일 놀랄 사람은 저 세상에 계실 어머니이리라. 내 어머니는 눈에 띄게 아름답지 않은 그저 평범한 여자였다.

스무 살 때 이웃 마을 중농의 집에서 우라와의 토착민이고 당시에는 교사 일을 했던 아버지에게 시집을 와 여덟 명의 자식을 낳았다. 나는 일곱 번째였는데 막내인 남자애가 태어나자마자 죽어 우리 사이에서 '이름 없는 곤베'라는 전설의 아이가 되어버렸기에 내가 막내였다. 철들 무렵부터 엄마는 이

미 초로로 보였고(사실은 아직 젊었지만) 이후 돌아가실 때까지 나이 먹는 티가 나지 않았다. 체구는 조그맣고 말랐으며 머리를 작게 마루마게(일본 여성의 예전 머리 스타일. 후두부에 작은 타원형으로 머리를 묶어 올린 모양이다.―옮긴이)로 틀고 매일 바쁘게 일했다. 불평불만도 없었고 남에게 자식 자랑을 하지도 않았고 자식들에게 편지 한 통 쓰지 않았다. 언젠가 박물관에서 쇼소인正倉院(일본 나라현 도다이사에 있는 왕실 유물 창고로 일본 최대급이다.―옮긴이)의 문서를 봤을 때, 사경생寫經生이 적은 빚 증서 문자가 당시 돌아가신 지 얼마 지나지 않은 무학자 어머니의 글자와 똑같이 생겨서 나는 거의 기절초풍했다.

어머니는 어느 날 봄 뇌내출혈로 정신을 잃었다. 나는 그때 비로소 어머니가 내게 얼마나 소중한지 깨달았고, 다른 사람들이 모두 포기한 뒤에도 희미한 불꽃이 타는 한 지켜드리려고 했다. 의사가 기적이라고 했는데, 약 백 일이 지나자 어머니는 눈을 뜨셨고 봄 풍경이 갑자기 여름 풍경으로 바뀌었다면서 울먹이셨다. 그 후로 일 년, 어머니는 내 돌봄을 받는 아기가 되었고 평생 일하느라 가죽처럼 변해버린 손은 부드러워져서 '귀족의 손'처럼 되었다.

나는 어머니가 그 일 년간 어른이 되어서도 어리석기 그지없는 딸에게 최고의 교훈을 남기기 위해 사셨다고 믿는다. 용서와 감사. 어머니는 몸소 그것을 내게 알려주셨다.

작은 마루마게

나는 어머니에 대한 이야기를 그리 즐겨 하지 않는다. 어머니를 싫어해서가 아니다. 싫어해서가 아니라 내가 활자 위에서 어머니를 말하는 것을 알면 어머니가 저세상에서 고향 말을 쓰며 "그래 마라, 그래 마라!" 하고 허둥거리실 모습이 눈에 선하기 때문이다.

나의 부모님은 타인 앞에서 당신들 자식 이야기를 거의 화제로 삼지 않았다. 나는 어려서부터 무의식적으로 그게 좋다고 생각했다. 왜냐하면 다른 어른들이 집에 와서 당신들 자식 이야기를 늘어놓으면 우리는 지겨워 죽을 것 같았기 때문이다.

그래서 우리 남매는 남들 앞에서 부모님에 대해서도 언급하지 않게 되었다. 부모님은 '우리의 부모님'이었으니까.

어머니는 도쿄 근교의 농가에서 태어나 이웃 마을의 장사꾼 집에 시집을 와 자식을 여덟 명이나 낳았고, 남편을 출근시킨 후에 본인은 시가에서 물려받은 가게를 운영하고 집에 딸린 밭도 일궜다. 남자 못지않은 대장부였던 것은 아니고 그저 아내로서 어머니로서 할 일을 했다. 평범한 여자였다고 기억한다. 어머니가 안간힘을 쓰며 노력하는 모습은 한 번도 본 적이 없다.

내가 기억하기로 자그마한 체구의 어머니는 머리를 마루마게로 묶고 쉴 틈 없이 일했다. 아마 우리도 부모를 힘들게 한 적이 있을 것이다. 그런데 어머니에게 혼이 난 기억이 없다. 어머니는 가끔 우리를 보고 "흐음" 하고 한숨을 쉬었다. 그것이 어머니의 불평이었음을 요즘에서야 나는 깨달았다. 요즘 나도 젊은 사람들을 보며 비슷한 기분을 느낀다는 것을 떠올리면서.

내 일생에서 가장 기뻤던 일은 어머니가 돌아가시기 전 일 년간 투병하실 때, 밤낮으로 곁에 있었던 것이다. 몸을 움직이지 못하는 어머니는 "이거 좀 해주지 않겠니?" 하고 딸인 내게 면목 없다는 듯이 부탁했다. 나는 그런 어머니를 아름답다고 여기며 '할게요, 하고말고요. 뭐든지 할게요'라고 속으로 대답했다. 그러나 어머니와 딸은 세상 돌아가는 이야기만 할 뿐 서로 속내를 드러내지 않았다.

어머니의 요리

　도호쿠에서 패전 소식을 접하고 두 달쯤 뒤, 밭 한가운데 작은 역에서 밤을 새워 우라와로 가는 표를 손에 넣었다. 그리고 지금 생각하면 거짓말 같은 고생스러운 여행 끝에 가을이 시작할 무렵 우라와로 돌아왔다. 살아서 만나지 못할 줄 알았던 언니의 집에 들르고, 또 다른 언니의 집에 찾아가려고 나는 국도를 북에서 남으로 걸었다.

　벌써 저녁 무렵이어서 나는 무거운 배낭을 메고 한쪽만 밝은 하늘을 올려다보며 삼나무 곁길을 성큼성큼 걸었는데, 문득 '이렇게 한가로운 기분은 뭐람?' 하고 생각했다. 각별한 만족감이라고 할 정도는 아닌데 손가락 끝까지, 손톱까지 전해지도록 나른한 기분이었다. 나는 무거운 짐을 짊어진 것도 잊고 땅거미를 즐기고 있었다.

'공기 때문이야.' 나는 숨을 한껏 들이마시고 생각했다. '고향은 공기 맛이 달콤하구나.' 나는 누군가에게 편지라도 쓰듯이 생각했다.

아쉽게도 내가 우라와의 공기를 이토록 맛있다고 생각한 것은 그때가 마지막이다. 요즘 들어 우라와는 도쿄의 연장이나 마찬가지로 그저 어수선하고 커져서 고향이라는 느낌이 사라졌다. 도쿄와 너무 가까운 것도 그런 느낌을 없앤 한 가지 원인일지도 모른다.

'토란조림'

우리 집은 아버지가 은행에 다니고 어머니는 철물점 일을 하며 작게 농사를 짓느라 다 같이 모이기가 어려웠고 모두 바쁘고 근면하게 일했다. 그래서 손이 많이 가는 요리는 먹어본 적도 없고 검소한 생활을 해서 어디 밖에 나가 돈을 내고 식사

하는 일도 없었다. 명물 장어만큼은 사 먹었지만. 그 대신에 집 주변의 땅만큼은 넓어서 찻잎도 채소도 직접 재배해 이웃에게 나눠주며 살았다. 건강한 채소 요리로 성장한 셈이다. 강철 냄비로 대충대충 조린 토란은 겨울철 별미였다. 부뚜막도 내가 제법 클 때까지 흙으로 지은 것을 썼는데, 가을이면 뒷산에 가서 불을 지필 낙엽을 긁어모았다.

낙엽을 담는 바구니 크기가 어느 정도였는지 지금은 잘 생각이 나지 않는데, 어린아이의 눈에는 어른의 등 넓이 정도는 되는 것 같았다. 그것을 짐수레에 두 개 싣고 뒷산으로 갔다. 갈퀴로 낙엽을 모아 큰 바구니의 절반쯤 차면 우리 아이들은 바구니 안에 들어가 뛰고 나르며 낙엽을 짓밟았다. 이렇게 하지 않으면 마른 낙엽이 부풀어 많이 담지 못한다.

'청대 완두 된장국'

된장국을 끓이기 전이면 어머니가 "애야, 청대 완두 따오려무나"라고 말씀하신다. 성긴 소쿠리를 들고 밭으로 나간다. 대여섯 살 무렵부터 청대 완두 알갱이가 너무 크거나 너무 작으면 된장국의 맛이 안 난다는 것을 경험으로 알았다.

한 번 삶아 색이 선명해진 녹색 콩깍지를 입에 넣고 씹으면 달콤한 국물이 펑 터진다.

요즘은 갓 딴 콩도 그다지 달지 않은 이유는 콩 종류가 다수확 용도로 개량되어 달라졌기 때문이라고 추측한다.

'강낭콩 깨소금 무침'

이것도 청대 완두와 비슷한데, 콩 알갱이의 달콤함보다 강낭콩 육질 자체의 단맛을 잊지 못한다.

여름이 되면 여기저기 마을에서 각자 다른 날에 '덴노사마'라는 신을 모신 가마를 지는 축제가 열린다. 내가 사는 곳에서는 7월 1일이었는데, 축제와 함께 여름이 온 것을 실감했다.(덴노사마는 우두천왕을 말하는데, 우두천왕을 기리는 여름철 마쓰리인 덴노제를 부르는 별칭이기도 하다. 이 마쓰리는 지역에 따라 날짜가 조금씩 다르다. - 옮긴이)

학교에서 돌아오면 넓은 부엌 봉당의 구석 찬장에 산더미처럼 삶은 강낭콩이 소쿠리에 담겨 있다. 지름 육칠 센티에 깊이 십오 센티인 소쿠리로 어머니는 그것을 '아게시'라고 불렀다. 무말랭이 따위를 만들 때도 쓰는 그 소쿠리 한가득 강낭콩을 삶았다.

나는 소쿠리로 직행해 강낭콩을 한 줌 꽉 쥐고 마치 녹색의 굵직한 술처럼 축 늘어지는 그것을 우적우적 먹어치웠다. 이것은 청대 완두의 설탕 같은 단맛과는 달랐다. 청량하고 담백한 단맛이었다.

'닭 밥'

넓은 마당 한쪽에서 닭을 키웠다.

달걀은 가족이 먹기도 하고 사러 오는 사람이 있으면 팔았다. 우리 집 달걀은 다른 집보다 비싸 일곱 개에 백 전을 받는다고 어머니가 자랑하시던 기억이 있다. 그래서 달걀을 넣는 상자가 정해져 있었고, 누가 사러 오면 어린 나만 있을 때도 일곱 개를 주고 백 전을 받으면 됐다.

손님이 오거나 경사스러운 날이면 닭 밥을 지었다. 우엉, 당근, 표고버섯 등 흔한 재료를 넣었을 뿐이라 특별할 것은 없는데, 뭐라 한마디로 표현하기 어려운 걸쭉한 향이 물씬 풍겨서 우리에게는 별미였다.

어머니가 노쇠하셨을 때, 손주들이 할머니의 닭 밥이 맛있었다며 조리법을 물은 적이 있다. 그러나 어머니의 대답이란, "쌀은 이 정도 짓고 닭은 이 정도면 되고 간장을 조금"처럼 전혀 요령이 없어 얼마나 웃었는지 모른다.

결국 나는 어머니의 요령이 있는 듯하면서도 없는 듯한 요리를 무엇 하나 배우지 못했다.

'고구마'

나는 짚을 태운 재로 고구마를 구워 먹는 것을 좋아한다. 당시에는 고구마 종류도 적어서 우리가 기억하는 고구마는 긴 토키 고구마다.

아침에 정원을 쓸어 모은 낙엽에 재를 섞어 불을 피우고, 고구마를 안에 넣은 뒤 그냥 두고 아침 식사를 한다.

학교에 가면서 재를 뒤지면 거뭇거뭇하게 색이 변한 고구마가 데구루루 굴러 나온다. 추운 날에는 고구마와 같이 넣어둔 자갈을 종이로 싸 손을 따뜻하게 하며 서릿발처럼 김이 모락모락 나는 샛노랗고 포슬포슬한 고구마를 입에 물고 학교에 갔다.

연어 머리

나는 어떤 음식을 제일 좋아하느냐는 질문이 곤란하다. 특별히 좋아하는 음식이 있어서 그걸 먹지 못하면 마음이 진정되지 않을 정도의 것이 있다면 그것 참 즐겁겠다 싶지만, 서민적인 가정에서 자라 토란조림이나 어머니가 좋아하시던 말인 '있는 것으로 때운' 음식을 먹으며 컸기 때문일지도 모른다.

그렇다고 다른 것보다 좋아하는 음식이 또 없지는 않다. 맛있는 것을 사준다는 소리를 들으면 비프스테이크나 회를 말한다. 사실 어려서부터 이런 음식을 각별한 별미라고 믿었다.

그런데 직접 내 반찬을 고를 때면 우선 떠오르는 것은 연어 머리에 맛있는 단무지, 닭 내장이다. 일 년 내내 이것만 먹으라고 하면 곤란하겠지만, 나는 확고부동하게 이 세 가지를 선호한다.

연어 머리를 왜 이리 친숙하게 느끼는지 스스로 생각해도 신기한데, 아주 어렸을 때의 추억과 연관된다.

내가 태어난 집은 커다란 초가지붕을 얹은 집이었다. 내가 어느 정도 컸을 때부터 매년 세밑이 되면 당시 상례로 세밑 자반연어가 여기저기서 도착했다. 그것들을 부엌 봉당 위 벽에 도리노이치의 갈퀴(11월 유일酉日에 오토리 신사가 주체로 여는 축제를 도리노이치라고 하고, 이 축제에서 복을 긁어모으라는 의미의 갈퀴를 판다. 이 갈퀴를 사서 벽에 걸어놓는 풍습이 있다. – 옮긴이)처럼 나란히 걸어 놓는다. 어렸던 우리는 곧 정월이 온다고 마음이 들떠 벽에 걸린 연어 수를 세며 기뻐했다.

연어를 써는 것은 할아버지의 역할이었다. 연어 한 머리를 다 먹으면 할아버지는 다른 한 마리를 내려 볕이 잘 드는 마루에서 도마를 놓고 능숙한 솜씨로 아름답게 토막을 냈다. 다 썰면 바로 쓸 것만 두고 나머지는 지게미에 담갔다.

자식이 많은 집이어서 언니와 오빠들 때는 어땠을지 모르지만, 끄트머리인 우리가 대여섯 살이던 무렵에는 이 연어 썰기가 할아버지와 우리들 사이의 소소한 의식이었다.

바로 위 언니와 놀고 있으면, 할아버지의 "회를 좋아하는 애가 어디 있나!" 하는 소리가 들린다.

우리가 튀어나오면 할아버지가 도마와 날이 잘 선 식칼과 연어를 갖추고 마루에서 기다리고 있었다.

우리는 도마 앞에 앉았다.

우리 할아버지는 지금 생각해도 정말 좋은 할아버지였다. 아이를 기쁘게 하는 법을 아셨다. 재미있는 이야기를 들려주기 좋아했고, 등이 가려우니까 긁어달라고 해서 기름기 흐르는 등에 손을 넣으면 삶은 달걀이 숨겨져 있기도 했다.

다시 연어 썰기로 돌아가서, 할아버지는 써걱써걱 가시 써는 소리를 내며 연어를 썰었다. 머리를 떼고 몸을 둘로 나누어 아름다운 속살이 드러나면, 할아버지는 "이건 달겠구나"라거나 "이건 짜겠는데"라고 평가했다.

우리도 그 평가를 들으며 기뻐하고 실망했다.

반으로 갈려 드러난 뱃살의 움푹 팬 곳에 까맣고 흐물흐물

가느다란 것이 붙어 있었다. 우리는 그것을 '젓갈'이라고 불렀고 쓰고 짭짤하리라 생각했다. 할아버지가 그 '젓갈'을 벗겨 허공으로 들어 올린다. '드시려나?' 하고 보고 있으면, 할아버지는 입을 커다랗게 벌려 그것을 꿀꺽 삼켰다. 우리는 까르륵까르륵 자지러지며 좋아했다. 그것이 일종의 클라이맥스였다.

'젓갈'이 끝나면 얌전하게 기다린 아이들에게 상이 내려온다. 분홍색 살의 부드러운 곳을 얇게 자른 것을 한 조각씩 받는다. 그것이 '회'였다.

회 증여가 끝난 뒤에야 비로소 할아버지는 본식인 토막 만들기를 시작했다.

몸통 토막은 많이 나오지만 연어 머리는 하나뿐이다. 남매가 많은 우리가 연어 머리를 진미로 여기는 것도 그래서일지 모르는데, 어쨌든 우리는 머리를 '오독오독'이라고 부르며 좋아하게 되었다.

연어 머리를 가늘게 썰어 식초에 담그거나 하는 세련된 요리를 하진 않았다. 덩어리째로 구워 덥석 먹었다. 너무 짜면 열탕했다. 어려서부터 이 오독오독을 남들과 나누지 않고 혼자 먹고 싶다고 얼마나 생각했는지 모른다.

내가 연어 머리를 어쩌나 맛있다고 여겼는지 지금도 남매끼리 웃음꽃이 피는 일화가 있다. 그 일이 있었을 때, 나는 위에서 두 번째 언니의 등에 업혀 있었으니 너덧 살 정도였을 것이다. 언니는 비슷한 또래 친구들과 어울렸는데 그 아이들의 등에도 어린 동생이 매달려 있었다.

그날 뭘 하며 놀았는지 기억나지 않는데, 날고뛰며 흥분했던 것만은 똑똑히 기억한다. 집 뒤의 어두컴컴한 숲속에 들어갔던 것도 같다. 아무튼 남의 등에 업혀서 걸었으니까 우리는 말을 타고 사냥이라도 나가는 것처럼 용감무쌍했다. 언니들이 언니들만의 대화를 나누는 동안 우리 업힌 아이들도 수다를 떨었다. 그러다가 나는 그중에 한 아이를 특별히 좋아하게 되었다. 한바탕 즐겁게 놀고 저녁이 되어 집으로 돌아갈 때, 나는 너무 아쉬워서 언니 귀에 속삭였다.

"집에 가면 ××한테 오독오독을 나눠줄래."

내게 오독오독 이상 가는 진수성찬은 없었다.

떡의 맛

　나는 어려서부터 떡을 좋아하지 않았다.

　나는 도쿄에서 조금 떨어진 우라와라는 곳에서 태어났는데, 우리가 어렸을 적에는 우라와에도 오랜 관습이 남아 있었다. 세밑 스무여드레가 되면 어머니의 친정(우라와에서 사 킬로미터 떨어진 농가)에서 일꾼이 와서 이른 아침부터 떡을 쩠었다. 넓은 마당 일각에 갈대발을 치고 그 안에 아궁이, 맷돌 등 도구 일체를 갖췄다.

　찜통에서 김이 폴폴 나기 시작하면 얏코다코(팔을 빌린 사람

모양의 연-옮긴이)처럼 옷을 껴입고 찹쌀이 쪄지기를 기다리던 우리는 밥그릇을 들고 가 찐 찹쌀을 받아 우물우물 먹으며 쿵떡쿵떡 떡방아가 시작하기를 마치 일 년에 한 번뿐인 연극을 보듯이 구경했다.

어머니가 반죽을 욱여넣고 친정에서 도우러 온 어머니의 사촌이 떡방아를 찧었다. 한 절구를 다 찧으면 언니들이 마루에서 기다리다가 잽싸게 길쭉한 네모꼴 떡으로 늘렸다. 우리 집에는 떡을 늘리는 가로 오 센티, 세로 칠 센티의 직사각형 판이 있어서 그 위에 떡 한 절구 분량을 올렸다. 도호쿠 지방과 달리 도쿄 근교에서는 떡을 약 일 센티 정도로 얇게 펼쳐서 직사각형으로 자른다.

떡방아에 이은 떡 자르기, 떡 늘어놓기 등 아이들이 좋아하는 행사가 이어지면 안방 한가득 펼쳐놓은 돗자리 위에 자른 떡이 놓였다.

이렇게 즐거운 떡 만들기인데 나는 떡을 먹지 못했다. 떡국도 채소와 고기, 국물만 먹고 떡을 못 먹어서 매일 아침 떡국을 먹는 정월 엿새간이 빨리 지나가기를 바랐다.

"얘는 1월 1일부터 6일까지 살이 빠지네." 어머니가 이런 말씀을 종종 하셨다.

　달지도 짜지도 않으며 감칠맛이 진한 떡의 맛을 깨달은 것
은 패전 후 우구이스자와에서 겨울을 보낸 후부터였다. 그러
나 무아지경으로 스무 개 이상이나 되는 떡을 한꺼번에 배에
집어넣은 추억은 꿈같은 얘기로 지금은 고작해야 두세 개 정
도 먹으면 충분하다.

칠석의 추억

칠석 행사를 떠올리면 즐겁다.

어려서 8월 6일이 되면 – 내가 살던 곳에서는 명절 행사를 다른 지역보다 한 달 늦게 했다 – 일찌감치 일어나 집 옆의 토란밭에 가서 먹을 갈 물을 가져왔다.

토란 이파리는 크다. 움푹 팬 이파리에 밤사이 내린 이슬방울이 마치 보석처럼 담겨 있었다. 솜털이 자란 넓은 이파리 위의 이슬방울은 이파리 끝에 살짝 손대기만 해도 반짝이며 데구루루 도망친다. 그것을 조심조심 작은 사발 한가득 받아 와

먹을 갈았다.

그 먹물로 색종이에 글을 써서 칠석 대나무에 달면 글씨체가 예뻐진다고 해서 해봤는데 전혀 예뻐지지 않았다. 사실 안 예뻐져도 된다. 여름날 아침의 그 시원시원한 이슬방울이야말로 직녀가 내게 준 선물이었다.

여름방학

소학교 여름방학을 떠올리면 제일 먼저 즐거웠다는 추억이 가슴을 채운다. 상쾌한 아침 공기, 보석을 꿴 것처럼 이슬을 머금은 차밭의 거미집, 파란 하늘, 마당 나무에 우글우글 달라붙은 매미. 그런 것들이 전조도 없이 동시에 떠올라 순수하고 정신없이 즐거웠던 하나의 세계를 그리워하게 해준다.

근면한 집에서 태어난 우리는 여름방학이어도 일찍 일어났다. 이슬이 아직 마르기도 전부터 온종일 놀았다. 여름방학에는 도쿄에 사는 사촌들이 우리 집에 묵으러 왔다. 다 같이 다

투덕이 옥수수를 먹어 치우고 근처 강에 송사리를 잡으러 가곤 했다.

언제던가, 동갑내기 사촌 남자애와 개구리 따위를 잡으러 논 한가운데의 벗풀 자란 물웅덩이에서 놀던 중에 갑자기 소낙비가 내렸다.

정말 느닷없이 내린 굵직한 빗줄기가 우리 몸을 퍽퍽 때려서 그물과 양동이를 들고 집으로 달려갔다. 사촌이 옷을 어떻게 입었는지는 잊어버렸는데 사내애니까 알몸이나 매한가지여서 달리면서 "아파! 아파!" 하고 소리쳤다.

빗줄기가 너무 세차게 내려서 채찍으로 찰싹찰싹 두들겨 맞는 상황이나 다름없었다. 그랬던 비가 이삼 정 거리쯤 떨어진 우리 집에 도착할 때쯤에는 그쳐서 한바탕 웃었다.

몇 년쯤 전에 어려서 썼던 여름방학 일기장을 발견해서 읽다가 놀랐다. 틀에 박힌 듯이 무미건조한 소리만 적혀 있어서 내가 기억하는 여름방학 분위기가 전혀 없었다. 글로 쓴 일기는 이런 것인가 싶었다. 여름방학 마지막 날에 반쯤 울먹이며 해치우는 것이 숙제였으니까.

참도박을
캐던 추억

　전쟁 전의 한가로운 시절에 자란 나는 여학교 시절의 여름 방학도 즐거웠다는 것 말고는 달리 떠오르는 추억이 없다.

　즐거웠던 여름방학이라지만 사치스러운 여행을 갔거나 특별한 일이 있었던 것은 아니다. 그러나 여름은 학교에서 해방되는 시기였다. 게다가 내가 여학교에 다니던 다이쇼 시대(1912년 7월 30일부터 1926년 12월 25일까지 다이쇼 왕의 통치 시대. 제국주의 시절로 일본이 전성기를 누리던 시기다. – 옮긴이) 말기는 상급 학교에 진학하려고 악전고투하며 공부하지 않아도 괜찮았다.

나는 열두세 살 무렵부터 여름이 되면 손가락이 투명해 보일 정도로 빈혈을 일으켰다. 의사도 원인을 알지 못했는데, 어쨌든 장마가 지나고 해가 이글이글 불타오르면 어지러워서 체조나 달리기를 하지 못했다.

그래서 피서라는 것과 인연이 없는 우리 집이지만 매년 여름방학이 되면 부모님은 여름에 약한 나를 걱정해 지바현의 해안가에 사는 지인의 집에 맡겼다.

그곳에서 나는 어부의 자식들과 함께 새파란 얼굴색이 새까매질 때까지 모래사장에서 뛰놀았는데, 그때까지 밭과 산에 둘러싸인 넓은 평야 마을에서 자란 나는 거친 바다를 앞에 둔 어촌 생활이 그저 놀라웠다.

나쓰라는 여자애와 센타로라는 남자애와 친해져서 자주 후노리(미역 같은 해초를 끓여서 만든 천연 해초풀 – 옮긴이)를 모으러 같이 해변에 나가곤 했다. 물이 빠지면 평소 바닷물에 감춰져 있던 해변 일대가 새까맣게 물 위로 드러났다. 그 바위에 각종 해초와 조개 따위가 붙어 있었다.

어부의 자식들은 내게 어떤 해초는 따면 좋고 어느 해초는 따도 쓸모가 없는지 알려주었고, 바위에 난 구멍에 미처 도망

치지 못한 낙지가 있으니까 구멍도 잘 들여다보라고 가르쳐
주었다.

처음에는 어느 해초나 다 똑같아 보여서 일일이 "이거 참도
박(후노리로 쓰는 해초)이야?" 하고 물어 확인했는데, 여름 한 철
이 끝나갈 때는 나도 어엿한 참도박 서리꾼이 되었다. 그냥 딱
보기만 해도 복작복작 엉킨 해초 중에서 검붉고 육질이 두꺼
운 참도박을 찾아낼 수 있었다.

빠르게 빠지는 물을 타고 도망쳐야 하는데 미처 시간에 대
지 못해 찰랑찰랑해진 웅덩이의 바위 구멍에 숨은 낙지도 몇
마리나 잡았다.

두 시간쯤 해변의 울퉁불퉁하고 미끄러운 바위 위를 헤집고
다닌 뒤, 제법 모은 사냥감을 안고 다 같이 집으로 돌아왔다.

나쓰와 센타로는 그날 모은 후노리를 중개인에게 팔러 갔
다. 그렇게 번 돈을 아버지, 어머니에게 주었다.

그것도 내게는 놀라움이었다. 내가 후노리를 모으러 해변에
가는 것은 놀이지만 그 아이들에게는 진지한 일이었다. 그래
도 내 후노리도 무의미하진 않았다. 내가 여름 한 철 모아 물
로 씻어 새하얗게 만든 후노리는 여름이 끝날 무렵이면 한 섬

은 되었다. 그것을 지고 고향으로 돌아가면 집에서 일 년간 쓸 수 있었다.

당시 나의 참도박 후노리는 가게에서 파는 것보다 질이 뛰어나 비단옷을 재양칠 때 아주 좋다면서 어머니가 기뻐했다.

이렇게 아침나절에는 참도박을 캐거나 물놀이, 오후에는 휴식과 독서를 하며 여름방학을 보냈다. 그때는 의도적으로 그렇게 지냈던 것은 아니지만, 지금 돌이켜보면 강렬한 햇빛 아래에서 지낸 한 달 반의 여름방학은 어린 내게 많은 선물과 가르침을 주었다.

첫 번째 선물은 건강이다. 다음으로 생산이란 무엇인지 어렴풋하게 알게 되었다. 또 강요받지 않고 책을 읽는 기쁨도 얻었다.

낮잠 자는 것도 잊고 정신없이 읽은 《몽테크리스토 백작》과 《셜록 홈스》는 내게 영혼이 하늘을 나는 듯한 기쁨을 선물해 주었다.

여학교 이삼 학년 시절에 이런 즐거움을 안 것은 내 평생에서 아주 중요한 경험이었다. 또한 조수간만이나 아름다운 해변 풍경 등 광활한 바다가 보여준 대자연의 신비로움. 이 역시

내게 대단한 감격을 선사했다.

이렇게 내가 지바 해안에서 여름방학을 보내며 얻은 다양한 지식과 즐거움, 감명은 학교 공부와는 역시 별개였다.

물론 내가 이런 즐거움을 얻을 수 있는 것은 학교 공부라는 기초가 있었기에 가능했다.

작고 아름답고
신비로운 세계

여름방학이라고 하면 내 마음에는 초목의 이슬도 아직 걷히지 않은 상쾌한 아침 느낌이 떠오른다. 곧 더워질 청명한 날이다. 그래도 밤사이에 차가워진 공기가 아직 쌀쌀하다. 나는 ─ 아마도 어머니거나 여럿 있던 언니 중 누군가와 함께 대문을 나가 집 뒤의 밭으로 갔다.

방학이어도 집 뒤의 넓은 밭에서 작물을 키우고 있어서 늦잠과는 거리가 먼 가족이었다. 막내인 내가 뒷밭으로 나갔을 때도 차밭에 아직 아름다운 이슬이 맺혀 있었다. 이슬이 찻잎에도 내렸는지는 기억 못하는데, 이파리와 이파리 사이에 매달린 거미집에 맺힌 이슬이 내 가슴에 또렷이 새겨졌다. 이슬은 투명한 옥처럼 일곱 가지 색으로 빛나며 바람에 따라 흔들렸다.

아침에 뒷밭으로 나가는 이유는 된장국 재료를 따거나 채소밭 김을 매는 용무가 있어서다. 그러나 나는 우선 그 거미집을 보러 가서 날마다 변하는 모양을 정신없이 구경했다. 진주목걸이처럼 보일 때도 있고 다이아몬드를 연결해 만든 그물처럼 보이기도 했다. 진주나 다이아몬드 그 자체보다도 나는 작고 아름답고 신비로운 세계가 태어난 것만 같아서 기뻤다. 아무도 모를 때, 쌀쌀한 공기 속에서 태어나 해가 뜨면 사라질 세계다.

그것이 반짝이며 바람에 흩날리는 모습을 볼 때의 가슴 두근거리는 쾌감이란.

하기 싫은 숙제, 푹푹 찌는 더위도 까맣게 잊을 수 있었다.

확실히 한다는 것의
의미

　내가 어렸을 때는 아직 지노(종이를 가느다랗게 꼰 끈 ─옮긴이)
라는 것이 있어서 종이를 철하거나 작은 물건을 묶을 때 썼다.
튼튼한 일본 종이를 가늘게 잘라 끝에서부터 비스듬하게 꼬
아 단단하고 아름다운 끈을 만든다. 우리는 소학교 수공예 시
간에도 지노를 만들곤 했다.

　어느 날, 종이를 연결해서 이 지노를 길게 만들고 반으로 접
어 밧줄처럼 튼튼한 끈을 만드는 방법을 배웠다.

　길쭉하고 멋있는 끈을 손쉽게 만드는 아이도 있었다. 종이

를 풀로 붙인 것이 아니다 보니 도중에 지노 <u>끄트</u>머리가 풀려 빠져버리는 아이도 있었다.

그중에 한 명, 요령도 나쁘고 솜씨도 없지만 성실함만큼은 타고나서 이음매를 단단하게 연결해 도도록도도록한 끈을 만든 아이가 있었다. 모두 그것을 보고 웃었다.

마지막에 선생님이 책상을 돌며 아이들이 만든 끈을 확확 잡아당겼는데, 웃음을 산 아이의 끈만이 어른인 선생님이 아무리 확확 잡아당겨도 끊어지지 않았다. "지노는 이렇게 만드는 거란다" 하고 선생님이 말씀하셨다.

그 정경은 당시 오 학년이던 내게 강렬한 인상으로 남았다. 나는 젊은 사람에게 '꼰대'처럼 잔소리를 늘어놓고 싶진 않지만, 아직 새파랗게 어리면서 세상만사 우습게 알고 깔보는 사람을 보면 이 일화를 말해주고 싶다.

닦을수록
빛난다

나는 다른 면에서도 결단코 급진적인 사람이 아니지만 가구에 한해서는 유난히 보수적이어서, 요즘 들어 종종 보이는 삼각형 테이블과 만나면 앉아 있는 내내 불안하다.

내가 이상적으로 생각하는 가구는 나무로 된 두껍고 튼튼한 것이다. 그리고 두꺼운 가구의 모퉁이가 닳아서 떨어진 정도로 열심히 닦인 것이라면 더할 나위 없다. 이런 감각은 어린 시절 환경과 떼려야 뗄 수 없다.

나는 우라와의 구석, 반농반상 가정에서 태어났다. 여학교를 졸업할 때까지 고풍스러운 초가지붕 집에서 살았다.

　이런 집이라면 보통 다 그럴 텐데, 걸레질은 아이들의 중요한 일이다. 여름철 저녁이면 자매 세 명이 엉덩이를 들고 걸레를 밀며 복도를 끝에서 끝까지 달려갔다. 걸레를 헹구며 옆에서 보면 닦은 곳과 닦지 않은 곳 – 닦은 곳도 잘 닦인 곳과 대충 닦인 곳은 판자의 광택으로 확연하게 구별되었다. 그럴 때, 내가 한 일의 성과가 아름다움이 되어 나타난 것에서 어려서부터 큰 만족감을 얻었다.

　어린 시절에 살던 그 집은 할아버지의 소유였는데, 워낙 완고한 분이셔서 도쿄에서 손님이 와도 제대로 인사도 마치기전에 자리를 떠 작업실로 쓰던 대문간 행랑채로 들어가셨다. 본인의 자랑거리인 우동을 손님에게 먹이기 위해서다. 나는 두꺼운 도마 위에서 밀가루가 개이고 늘어나고 접히고 싹둑싹둑 잘리고 우동이 되어 하얀 그물처럼 파드득 퍼질 때까지 질리지도 않고 구경했다.

　할아버지가 돌아가신 뒤, 집에서는 수타 우동을 치지 않게되었다. 할아버지가 쓰던 도마도 국수 방망이도 창고로 들어갔다.

우리 자매가 여학교에 입학했을 때, 그 도마를 몇 장인가 꺼내 걸쇠로 연결해서 탁구대로 삼아 놀았다. 그러다가 어머니에게 들켜 호되게 혼쭐이 났다. 우동을 치던 도마는 느티나무로 만든 널빤지였다.

후에 아버지가 그 나무로 책상을 만들었고 우리는 그걸 식탁으로 썼다. 걸쇠 자국을 깎느라 판이 얇아졌지만 유려하게 흐르는 나뭇결이 드러나서, 아버지가 차를 마시며 무의식적으로 행주로 표면을 문지르던 흉내를 내어 나도 밥을 먹을 때마다 행주로 문지르며 즐거워했다.

그 책장은 지금 오빠 집에 있다. 요전에 갔더니 우리보다 한 세대 젊은 사람들의 손에 멋지게 더럽혀지고 얼룩이 생겨 알아보지도 못했다. 이제 닦지 않아도 광을 내는 기술이 발달한 바쁜 세계에서 주전자 받침이든 나막신이든 봤다 하면 닦아서 광을 내고 싶은 나도 참 시대에 뒤처진 사람이다 싶다.

'옛날' 히나 마쓰리

나는 히나 인형을 좋아한다. 어렸을 때 히나 마쓰리(매년 3월 3일, 여자아이의 행복을 기원하는 명절. 빨간 천을 덮은 히나단에 히나 인형과 음식 등을 올려 장식하는 풍습이 있다. - 옮긴이)가 즐거웠던 기억 때문이다.

그렇다고 어려서 값비싼 히나 인형을 받은 것도 아니고, 진수성찬 가득한 히나 마쓰리를 즐긴 것도 아니다. 그래도 우리 집은 도쿄 근교 작은 마을에 사는 중류층 장사꾼 집안이었고, 다섯 있는 딸 중 내가 막내였으며(아들도 원래 하나 더 있었지만) 철

140

이 들 무렵이 평화로운 다이쇼 시대 초반이었으니, 일본의 히나 마쓰리라는 축제를 가장 편하게 즐긴 세대라고 할 수 있다.

내가 히나 마쓰리를 의식할 나이가 됐을 무렵, 우리 집 히나 인형은 네 평짜리(다다미 여덟 장짜리) 방의 절반을 채웠고, 높이는 상인방보다 높은 히나단을 채우고도 남을 수와 양을 자랑했다.

평소 히나 인형은 우리가 창고라고 부른 뒷문 행랑채의 벽장 안에 들어 있었다. 마을에 선 히나 시장도 끝나 3월 3일이 가까워지면, 날씨 좋은 날을 골라 드디어 우리 집에서도 히나 인형을 장식했다. 창고의 문 앞에 짐수레를 바짝 댄다. 수레 위에 안쪽의 어두운 찬장에서 일 년 만에 바깥세상을 보는 나무상자가 쌓인다. 조부모 대까지는 밭농사도 크게 지어서 행랑채 안쪽은 농사일을 하던 공간이었기에 마당이 넓다. 히나 인형은 짐수레에 덜컹덜컹 흔들리며 감나무 옆을 지나 우물 옆을 지나 마루에 도착한다.

자, 다다미방에 히나단을 세우고 그 위에 붉은 천을 덮은 뒤, 일 년 만에 햇빛을 보는 히나 인형들을 하나둘 상자에서 꺼내고 종이를 벗겨 매년 정해진 자리에 놓는다. 왕과 왕후,

궁녀, 그리고 다섯 악사는 자매 중에서도 격이 다른 '큰언니'라고 불리는 장녀의 것이지만, 나머지 수많은 인형은 누구 것인지 다 잊어버렸다. 그저 내가 태어날 무렵에는 우리 집 사람들은 물론이고 친척들도 하나 인형 고르기에 흥미를 잃었는지, 매년 "이건 네 거야"라는 말을 들은 것이 진구 황후와 다케우치노 스쿠네라는 조금 독특한 한 쌍이었던 것만 기억한다.(진구 황후는 왕이 없던 70년간 섭정하면서 삼한을 정벌했다고 전해지는 전설상의 인물이다. 다케우치노 스쿠네도 《고사기》와 《일본서기》에서 전하는 고대 일본인으로 게이코부터 닌토쿠 왕까지 모신 충신으로 전해진다. -옮긴이) 아, 한 쌍이라지만 두 사람만 있는 것은 아니고 스쿠네의 품 안에 비단보로 싼 갓난아기로 보이는 막대기가 꽂혀 있었다. 어린애 눈에도 그다지 고급품으로 보이지 않았던 그 하나 인형은 그래도 고대의 격식이라고나 할까, 로맨틱하면서도 오묘하게 꺼림칙한 상상을 하게 해주었다.

아무튼 이렇게 이름도 있고 성격도 있는 하나 인형이 최상단부터 대여섯 단까지 자리를 차지하면 그 아래의 일이 단을 채우는 것이 '앉는 히나'인 인형들이었다. 무사 예복을 걸치고 하카마 하의를 입고서 바르게 앉은 남자애 인형인데, 동네 사람들이 여자애가 태어나면 이른바 '작은 성의'로 가져온 것이어서 분명 가격도 아주 저렴했을 것이다. 매년 꺼낼 때마다 머리카락이 빠지거나 벌레 먹어서 앞으로 1년을 더 보관해두지 못할 것들이 많았다. 그런 히나 인형은 인형을 정리할 날이면 한데 모아서 집에서 조금 떨어진 곳에 있던 이나리 신을 모신 산카쿠이나리 신사의 마룻바닥으로 가져가 '마무리'했다. 그곳에서 한동안 쥐와 같이 어울려 놀다가 풍화되어 사라지는 것인데, 어린 마음에도 이해가 가는 마무리 방식이었다.

앉는 히나를 버리는 시점까지 왔으니 내가 흥미를 느낀 히나단 위의 등장인물(?) 설명이 끝났는가 하면 그렇지 않다. 아직도 소중한 것이 남았다. 히나단의 가장 아랫단에 늘어놓는 장난감이다.

그것은 히나 인형에 부속된 도구는 아니었다. 우리 집 히나 인형에는 가마나 장롱은 없었다. 그 대신이 자잘한 장난감이 수십 개 넘게 있었다. 내 기억에 새로 추가된 것은 없으니 큰 언니가 갓난아이였을 때부터 둘째, 셋째 언니 때까지 누군가가 어디에서 모아왔을 것이다. 도자기 금붕어, 작은 석쇠, 풍로, 유리그릇, 다기 등. 위에 놓인 히나 인형은 안고 놀지 못하지만 아랫단의 장난감은 매년 우리의 놀이도구가 되어 주었다. 습자 종이를 펼치면 안에서 히나 인형이 작년과 똑같은 얼굴을 내밀 때의 오싹한 기쁨도 잊지 못하지만, 도자기 금붕어나 파르스름하니 흐릿한 유리그릇이 굴러 나올 때의 즐거움이란 그 무엇에 비유해야 좋을지 모르겠다. 즉, 그것이 바로위 언니나 나의 히나 마쓰리였다.

우리는 히나단 위에서 갓의 장식을 아롱아롱 흔들며 내려다보는 히나 인형들을 구경꾼으로 삼아 소꿉놀이에 푹 빠졌다. 평소 우리 집과 다른 분위기가 주변에 감돌았다. 히나단 뒤로 들어가 보면 히나 인형을 꺼낸 빈 상자가 쌓여 있어서 마치 다른 세계에 들어온 기분이었다. 그곳을 들락거리며 우리는 일년 중 일주일에서 열흘만 갈 수 있는 나라에서 놀았다.

그리고 그날이 지나면 또 흔쾌히 히나 인형이나 장난감을 정성껏 종이로 싸 창고로 보냈다. 수십 년 동안 히나 인형과 장난감은 들어갔다 나오기를 반복했는데, 때때로 파손된 곳이 있긴 해도 망가지지도 않았고 잃어버리지도 않았다. 나는 그때가 참 신기한 시절이었다고 생각한다. 진흙으로 만든 히나 인형이 이윽고 사라진 것은 자연스럽지만, 내가 어른이 되고 다음 세대가 물려받자마자 금붕어나 유리 접시까지 다 사라졌다.

어둠 속의
코러스

나는 음치여서 사람들 앞에서 노래하는 것을 즐기지 않는다. 그래도 길을 걷거나 세탁하면서는 혼자 노래를 흥얼거리는 편이다.

재미있게도 이런 노래에는 두 종류가 있다. 하나는 열심히 집중했을 때 나도 모르게 부르는 노래다. 문득 정신을 차리고 보면 "모범은 니노미야 긴지로"(일본의 동요. 소학교용 창가로, 농촌 부흥에 힘을 쓴 에도 후기 실존 인물 니노미야 긴지로의 근면 성실하고 열심히 공부하는 모습을 노래한 내용이다. - 옮긴이) 하고 노래를 부르고 있어서 혼자 놀라 웃곤 한다.

아무리 자연스럽게 불렀다곤 해도 이런 노래는 노랫말에 감동해서 부른 것은 아니리라. 이 노래를 불렀을 때, 나는 햇빛을 받으며 서둘러 걷고 있었다. 주변에 방해꾼도 없었다. 그런 기분 좋은 상황이 그 노래를 외웠던 어린 시절과 비슷한 생리적인 리듬을 내 안에서 깨운 것이 분명하다.

이런 무의식적인 노래와 달리 무언가를 떠올리면서 부르는 노래도 있다. 그런 노래 중에 비교적 자주 부르는 것이 슈베르트의 '보리수'다. 곡의 정서가 나를 매혹해서가 아니라 이 노래와 얽힌 추억이 있기 때문이다.

전쟁 말기, 나는 아키타현에서 근로 동원으로 온 수십 명의 어린 소녀들과 어울려 어느 공장 기숙사에서 살고 있었다.

어쩌다 보니 그렇게 된 것이지 나라를 위해서 봉사하겠다는 마음은 딱히 없었다. 나는 낮에는 소녀들과 함께 공장에 가서 일하고 밤에는 기숙사에서 국어를 가르쳤다.

그 소녀들보다 소녀들의 선생님인 K 씨를 먼저 알았고 K 씨와 학생들의 인연에 감탄해 같이 살게 된 것인데, 그렇게 함께 생활하면서 학생들을 진심으로 좋아하게 되었다. 그리고 아

직 어린 소녀들에게 뭔가 맑고 아름다운 것을 맛보게 해주고
싶었다.

지인 중에 T라는 독특한 음악가가 있었다. 나는 그가 아이
들에게 자발적으로 음악을 가르치는 것을 알고 있어서 우리
기숙사에 와서 코러스 지휘를 해달라고 부탁했다.

등화관제(적의 야간공습에 대비하기 위해서 강제로 불빛을 차단하
고 전등을 끄는 일 – 옮긴이)가 엄격했던 시기였고 그가 살던 기치
조지에서 우리 기숙사가 있는 가와고에까지는 그다지 안전한
코스가 아니었다. 온다면 밤에 와야 했다.

그런데도 T 씨는 흔쾌히 승낙해주었고, 아코디언과 철모 끈
을 단단히 둘러매고 일주일에 한 번씩 와주었다.

모두 T 선생이 오는 날을 학수고대했다. 그날 상황에 따라
한 시간이나 두 시간쯤 연습했으니까 그의 귀가 역시 늦어졌
다. "조심해서 가요", "그럼 이만 갑니다" 하고 어두컴컴한 현
관에 서서 인사를 나누면, 등에 둘러맨 철모가 T 씨의 가슴 앞
쪽으로 데굴데굴 떨어져서 소녀들은 까르르 웃었다.

그의 가르침 덕분에 얼마나 많은 곡을 불렀던지. 특히 오랜
시간을 투자해 열심히 불렀던 노래가 '보리수'였다. 또 이 노

래를 마지막으로 T 씨가 오지 못하게 되었기에 가장 기억에 남는지도 모른다. 이 노래를 완성하던 날, 선생인 K 씨가 "모두 장래 어디로 가게 될지 모르지만 이 노래를 부를 때면 틀림없이 오늘 밤을 떠올리고 우리 모두를 생각하게 될 거란다"라고 소녀들에게 말했고, 나 역시 분명 그러리라 생각했던 기억이 난다. 모두 어두운 전등 아래의 정경이 되어 떠오르는 추억이다. 어린 여학생들의 노랫소리만이 아름다웠다.

그 후 K 씨의 말대로 소녀들은 뿔뿔이 흩어져 지금은 몇 명과 연하장을 나누는 정도다. 모두 결혼했을 테고 좋은 엄마가 됐을 것이다.

그런데 얼마 전에 텔레비전에서 베를린 오페라에서 피셔 디스카우가 부른 '겨울 나그네'를 들었을 때, 나는 어두운 전등 아래에서 그 소녀들과 다시 손을 맞잡은 기분이 들었다. 그래서 "들었니? 들었니?" 하고 그 한 명 한 명에게 마음으로 말을 걸었다.

디트리히 피셔 디스카우의 노래는 음악비평가 사이에서 그것은 슈베르트라고 할 수 없다, 아니, 이것도 나름대로 좋다며 논의가 벌어졌다고 한다. 그러나 내게는 마음을 적시는 노래였다.

외꼬리 금붕어 가족

며칠 전에 친구에게 "너는 전쟁 중에도 송사리를 키우던 사람이니까!"라는 소리를 들었다. 아마도 특이한 사람이라는 의미로 한 소리겠지만 나는 신경도 안 쓰고 '아아, 그런 적도 있었지!' 하고 그리움에 잠겼다.

친구의 말을 듣기 전까지 나는 그 일을 거의 완벽하게 잊고 있었다. 그 정도로 요즘 매일 부산하고 바쁘다. 그래도 그 말을 들으니 전쟁 중에 도쿄 한구석, 혼자 지내던 집에서 매일같이 짬만 났다 하면 유리그릇 안의 송사리 알을 정신없이 들여다보던 내 모습이 손에 잡힐 듯이 선명하게 떠오른다.

또 왜 그런 일을 했는지도.

세상을 떠난 친구에게 물려받아 내가 지금도 살고 있는 오기쿠보의 집 마당에는 가로 약 일 미터 세로 약 이 미터 반쯤 되는 연못과 신주 시골에서 가져온 돌절구가 하나 있다. 전쟁 중에 반상회 사람들이 와서 연못과 돌절구를 보고 방화용 물이 이만큼 있으면 안심이라고 했는데, 그런 목적을 위해서 마련한 것이 아니라 수련을 키우고 송사리나 금붕어를 키우려는 목적이었다. 돌절구에는 붉은 송사리를 키웠는데, 겨울이면 방한을 위해 연못으로 피난시켰다.

미국과의 전쟁이 발발했을 무렵, 벌써 몇 년이나 집에서 키운 송사리는 송사리치고는 드물게 크고 튼튼해져서 돌절구의 주인답게 가족을 이끌고 당당히 헤엄쳤다.

나는 그때까지 딱히 송사리나 금붕어를 키우는 취미가 있지 않았다. 그러나 집에 있는 송사리나 금붕어여서 꼭 가족 같았다. 게다가 친구의 유산이기도 했으므로 그런 의미에서도 내게는 친근하게 느껴졌다.

그런데 곧 나는 다른 의미로 – 다르다기보다 정확히는 나도 잘 모르는 사이에 — 짬만 나면 금붕어와 송사리 곁으로 가서 쪼그리고 앉았다. 전쟁은 점차 심각해졌다. 나도 밖에 나갔다 들어왔다 동분서주했고, 마당의 나무를 전부 베어 밭을 만들 까 생각하기도 하고 실제로 이웃집 사람과 함께 마당 절반쯤 에 무나 고구마를 재배하느라 상당히 바빴는데, 잠깐 앉아 정 신을 차리고 보면 하늘을 올려다보며 하아하아 숨을 몰아쉬 고 있었다. 산소가 부족한 물속에 사는 금붕어처럼. '어라, 내 가 지금 한숨을 쉬네'라는 생각이 들면 나는 서둘러 밖으로 나 가 금붕어와 송사리 곁에 쪼그리고 앉았다. 그리고 행복해 보 이는 물고기를 지켜보았다. 우리 집 금붕어와 송사리는 허우 적대지 않았다. 느긋하게 자기 마음대로 살고 있었다. 살아서 성장하고 늘어났다.

송사리 알을 건지는 것을 누구에게 배웠는지 기억하지 못한 다. 아마 우리 집 붉은 송사리가 어느새 늘어서 — 그래도 1년 에 한 마리 늘까 말까 하는 정도였다 — 돌절구 안이 조금씩 복 작거리는 것을 누군가에게 말했더니, 알을 부모에게서 떼어 놓으면 먹히지 않으니까 수가 늘어난다는 소리를 들었을 것 이다.

나는 어느 5월, 종려나무 꾀깔을 실로 묶어 돌절구 안에 넣어 보았다. 그리고 하루 이틀쯤 지나 실을 들어 보았더니 주황색의 반투명하고 세상 무엇보다 아름다운 구슬이 너저분한 종려털에 잔뜩 붙어 있었다. 놀랍고 소름 끼칠 정도로 기뻤다.

유리 꽃병에 물을 넣어 알을 풀고 매일 관찰했다. 알을 자꾸자꾸 낳아서 온 집안의 컵이란 컵을 다 동원해도 모자를 정도였다.

매일의 변화와 부화한 수를 살펴 적어놓고 다음 해에 참고하려고 했는데 혼잡한 틈을 타 잃어버렸다. 알은 돌절구에서 건져 올리고 며칠이 지나면 까만 무늬 같은 점, 즉 눈알이 두 개 생겨 아주 작은 오뚝이 얼굴처럼 된다. 그리고 또 며칠이 흐르면 알 안에서 그 눈알이 아주 빠르게 뱅글뱅글 돈다. 돋보기로 처음 그것을 봤을 때는 괴물 같아서 기분 나빴는데 계속 관찰하니 눈알이 도는 것이 아니라 알 안에 작은 송사리가 있어서 몸을 둥글린 채로 알에서 나오려고 움직이는 것임을 알았다.

그리고 드디어 껍데기를 깨고 유리 물 안으로 나온 송사리는 아직 몸이 휘어져서 똑바로 펴지지 않는다. 크기는 작은 보리새우 조림 정도이고 알과 똑같이 연붉은색이다. 온몸이 투명해서 내장까지 보인다. 새우처럼 한참이나 톡톡 튀고 몸을 굽혔다 펼쳤다 하다가 곧 꼿꼿해져서 유리 속 너른 바다를 힘차게 헤엄친다. 몇백 마리나 되는 투명하고 연붉은색의 먼지 같은 작은 물고기가 유리병 안을 헤엄치는 광경은 그야말로 장관이었다.

당시 나는 친구가 올 때마다 그 병 앞에 세우고 송사리를 구경시켰을 것이다. 그리고 "어때요, 송사리의 이 생명력이라니! 왠지 부끄럽지 않아요?" 같은 소리도 했겠지. 물자가 부족해져서 다도용 과자도 떨어진 시절, 송사리 구경은 내가 해줄 수 있는 최고로 즐겁고 생기 넘치는 대접이었다. 게다가 납작한 지갑에서 한 푼도 나가지 않는 대접이다.

나는 외출해서 돌아오면 곧바로 송사리 곁으로 가서 알에서 부화한 수에 기뻐하고 죽은 수에 슬퍼하고 물을 갈고 먹이를 주었는데, 대부분은 죽었다. 사육법을 잘 모르기도 했지만, 송사리 새끼는 원래 키우기 힘들다고 들어서 그나마 위로가 되었다. 부모에게 먹히기보다 며칠만이라도 물에서 헤엄치게 해줬으니 그나마 다행이라고 생각했다.

그리고 머지않아 나도 이 집을 한동안 비우게 되는데, 몇 년이 지나 다시 살러 와보니 돌절구의 송사리는 어느새 사라졌지만, 얼마 전에 십 년간 묵어 쓰레기더미처럼 된 연못의 물을 갈았더니, 원래 열네 마리 정도 살던 연꽃 연못의 금붕어가 쉰 마리 이상으로 불어난 상태였다. 나는 어쩜 하고 기뻐했다.

며칠 전에 이부세 마스지(일본의 소설가. 다자이 오사무를 문하생으로 두었다. - 옮긴이) 선생이 연못을 보러 와서 "오오, 아주 많군요. 외꼬리구나"라고 말씀하셨다. 무슨 의미인지는 몰랐지만 자식을 칭찬받은 부모 같은 기분이었다.

그런데 연못물을 간 것 때문에 금붕어가 병에 걸려서 어찌해야 할지 허둥거리던 중에 아는 사람이 금붕어의 대가가 쓴 책을 빌려줘서 읽다가 깜짝 놀랐고 또 웃음이 터졌다. 외꼬리라는 말은 어엿한(?) 금붕어가 되기 전에 '가려지는' 부류에 속하는 금붕어였다.

나중에 빵부스러기로 밥을 주면서 "너희는 외꼬리야, 외꼬리 금붕어"라고 속으로 중얼거리다가 크게 웃었다. 금붕어도 "어이, 우리는 외꼬리래"라고 전혀 개의치 않고 웃어넘기는 것 같았다.

하마모토 히로시(일본의 작가. 중간 소설과 시대 소설 분야에서 활약했다. - 옮긴이) 선생에게 금붕어가 병에 걸렸다고 하소연하자, "여기에서 쉰 마리는 너무 많아요" 하고 혼이 났는데, 나는 "하지만 여기서 태어났단 말이에요" 하고 항의했다.

우리 집 금붕어는 외꼬리지만 제법 훌륭하다. 개중에는 크기가 예닐곱 촌이나 되는 붕어도 있어서 내가 지쳐서 한숨을 내쉴 때면 든든히 위로해준다. 탄탄한 몸의 선을 보여주며 '나는 살아있어'라고 말하듯이 헤엄친다. 연못물을 간 탓에 아직 까무잡잡한 새끼금붕어가 먼지를 뒤집은 것처럼 병에 걸려 미안했다.

숲의 행복

내가 얼마 전까지 살던 도쿄 집 마당에는 자작나무와 잎갈
나무가 있었고 그 아래에 얼레지, 큰까치수염, 크리스마스로
즈 등 도쿄에서는 흔치 않은 들꽃이 계절별로 피어 우리를 기
쁘게 해주었다. 그 모든 것은 세상을 떠난 친구가 남겨준 선물
이어서 내게는 정말 소중했다.

얼레지처럼 추운 지방에서 피는 꽃은 도쿄로 가지고 오면
매년 수가 줄어들어 처음에 한가득 심어도 점차 세 송이만 피
는 해, 두 송이만 피는 해가 많아진다. 미야자와 겐지도 종종

썼듯이 얼레지는 봄이 왔다고 알려주는 사랑스러운 꽃이다. 이때껏 갈색의 낙엽만 가득하던 마당 구석에 제비를 떠올리게 하는 그 보라색 꽃이 짤막하고 둥그런 잎 두 장을 소맷자락처럼 펼치고 고개를 축 드리우며 피어나면, 나는 큰소리로 "Y 씨, 얼레지 꽃이 피었어요!" 하고 옆집에 알린다. 옆집 사람은 죽은 친구의 사촌이다.

그런데 도쿄에는 남의 집 꽃을 꺾는 아이가 참 많다. 시골에도 있겠지만 도쿄는 면적 대비 아이는 많고 꽃은 적어서 유독 눈에 띄는지도 모르겠다.

얼핏 아이의 그림자가 움직인 것 같아서 서둘러 나와 보면 조금 전까지만 해도 있던 꽃이 온데간데없다. 밖으로 나가 보면 그 아이로 짐작되는 그림자가 아직 이삼 미터 앞에 있을 때도 있다. 그리고 아이가 꺾은 꽃이 엉망진창이 되어 사방에 떨어져 있는 경우도 왕왕 있었다. 아이를 쫓아가 혼을 낸 적은 없지만 사실은 혼쭐을 내주고 싶었다.

그래도 한두 시간쯤 지나면 나도 차분해져서 그 아이에게 화가 나기보다 예전에는 '봄 들판에 제비꽃을 꺾으러 왔다가 벌판의 아름다움에 이끌려 하룻밤을 새웠구나'(일본의 가장 오래

된 가집 만요슈에 실린 시 — 옮긴이)라고 노래한 사람도 있는데 꽃이 좀 꺾였다고 발 벗고 나온 내가 우습기도 하고, 요즘 세상에 싫증을 느낀다.

그런데 2년 전에 나는 도호쿠의 산속으로 이사를 왔다. 초여름에 이곳에 왔을 때, 산은 흰 백합에 뒤덮여 있었다. 큰까치수염도 잡초처럼(원래 잡초지만) 사방에 피어 있었다. 얼마 지나지 않아 고사리가 피고 가을이 되어 산 전체가 불타듯 단풍에 물들자, 적송 그늘에서 버섯이 무럭무럭 자라나 아침에 된장국 재료가 모자라면 바구니를 들고 나가면 그만이었다. 겨울이면 온 세상이 눈으로 뒤덮이는데, 그 속에서 사는 북쪽 사람들은 모두 시인이 되어 봄이 오기를 기다린다. 봄은 5월 초 휘파람새의 지저귐으로 시작되었다. 그리고 큰까치수염, 이 큰까치수염이 우리 집 마당(마당이라기보다 몇 정보나 되는 산이지만) 여기저기에 사라사 무늬처럼 피어나기 시작하면 나는 감히 어떤 말로 경탄해야 할지 몰랐다. "신이시여, 이래도 괜찮을까요? 이렇게 한없이 주셔도 괜찮으세요?"

나는 수없이 이렇게 묻고 싶었다. 마치 옛날이야기 속에 사는 것만 같았다.

도쿄에 사는 친구들이 가장 좋은 계절에 내가 사는 산을 방문하겠다고 해서 나는 대답했다. "글쎄요. 봄……은 역시 제일 좋죠. 새가 지저귀고 꽃이 피고…… 그래도 여름의 신록과 흰 백합도 당연히 나쁘지 않고요! 그렇게 치면 가을도…… 밤이 열리니까……, 그래도 스키를 타신다면 겨울이죠."

　이런 이유로 나는 사람들이 만원 전철에 시달리며 사는 요즘 세상이 정말 안타깝다. 나는 산을 좋아한다. 여러분 중에 혹시 산을 좋아하시는 분은 여기에 와서 살아보세요. 단, 새벽 네 시에는 일어나 풀을 베고 거름을 짊어지는 게 싫은 분은 안 됩니다.

말쑥한 양복과
허름한 작업복

얼마 전 도쿄에 갔을 때, 친한 친구에게 이런 말을 들었다.

"A 씨랑 만났을 때, 네가 어떤 옷을 입고 농사를 짓는지 궁금하다는 얘기가 나왔어. 역시 너니까 최신식 하이칼라로 빼입고 있을 것 같다고 다들 웃었어."

내 지인이라면 다들 알 텐데, 이때 '역시 너니까'라는 말의 뜻은 내가 정말로 옷을 잘 입는 하이칼라라는 뜻이 아니다. 그저 내가 단순하고 어린애 같아서 몸에 익숙한 것이 아니면 입거나 요리하거나 말하지 못하는 부류의 인간이어서, 옷을 직접 지어 입기 시작한 후부터는 거의 양복을 입었다는 이야기일 뿐이다. 그런데 나는 꼭 서양식 의복이라는 의미의 '양복'이라고 생각하고 옷을 입진 않았다. 또 하나, 어려서부터 말수가 워낙 적었고 직접 만든 옷을 굳이 양복이라고 부를 마음이 들지 않은 탓에 내가 지어 입은 옷은 평범하게 '기모노'라고 불렀다.

학교에 다닐 무렵, 어설퍼도 내가 직접 기모노를 지었다. 본을 제대로 재단하지 않았기에 수없이 거울 앞에 서서 내 몸에 맞을 때까지 고쳤다. 그러다 보니 양복이 잘 어울린다는 소리를 들었다.

학교를 졸업하고 얼마 안 되는 월급을 받기 시작하자, 오가는 길에 있는 자투리 천을 파는 가게에 슬쩍 들르곤 했다. 우비 이외에 기성복을 산 기억은 없다. 자투리 천이란 참 신기해서, 전쟁 전처럼 진열장 저 꼭대기 천장까지 잔뜩 쌓여 있어도 그 앞에 서면 내 것인지 아닌지 마치 직감처럼 알아차린다는 점이 책과 똑같다. 가격이 비싼 것은 사지 못하므로 나의 중요한 직감은 그런 천을 내 것에 포함하지 않았다. 세탁하지 못하거나 차가운 색, 소재가 딱딱한 천도 불합격이었다. 그렇게 산

천은 친구에게 배우며 직접 바느질을 하거나, 바쁠 때는 부탁하기도 했다.

"네 옷감을 갖고 있으면 내가 아무 소리 안 해도 우리 집에 오는 사람들이 네 것인 줄 알아차리더라." 그 친구가 말했다.

그 이유는 나도 잘 모르겠지만, 어쨌든 내가 내 몸에 어울리지 않는 것을 입지 않았다는 것만은 확실하다.

이렇게 지은 옷이 아주 많지는 않지만, 나는 스테이플 파이버라는 섬유가 나온 후부터 이른바 양복을 거의 짓지 않았다. 섬유가 어찌나 튼튼한지 감탄이 절로 나온다. 나는 빨래가 특기여서 외투도 부드러운 것이라면 직접 세탁했다. 비눗방울 같은 색감의 면 원피스는 여름이 오면 거의 하루걸러 한 번씩 칠팔 년이나 입어서 가끔 만나는 사람에게 익숙한 옷이라는 말을 들었다. 가끔 심술궂은 사람은 "아직도 입어? 진짜 대단하다. 새 옷 좀 만들어"라고도 한다. 사실 이 지인은 양복가게를 운영하는 사람이다. 그래도 질리지 않고 입다가 등이 찢어지는 바람에 괜찮은 부분만 쓰라고 어린 조카에게 주었다. 이렇게 오래 입은 옷은 다른 사람에게 준 후에도 '내 기모노'라고 여기게 된다. 이것은 지인이 한 말은 아닌데 '낡은 옷농, 한

때 잘 어울리던 천 조각일까'인 셈이다.

당시-즉, 전쟁이 발발하기 전에 내가 옷을 짓던 때-가장 사이가 좋았던 친구가 내가 입는 옷의 팬이었다. 화장도 진하고 잘 꾸미는 친구였는데, 작년에 유행하던 것이 아닌 대신에 올해 유행에 뒤처진 것도 아닌 내 옷을 좋아했다.

"그 옷, 밖에 입고 못 나가게 되면(당시 나는 잡지기자로 일해서 외근을 많이 했다) 내가 입을게"라고 해서 웃은 적도 있고, 둘이 같이 외출하면 "오늘 본 옷 중에서 네 거랑 비슷한 건 하나도 없더라"라며 칭찬해주었다. 심지어는 내가 입던 것을 받아야 착용감이 좋다면서 자기 옷을 새로 장만할 때도 나한테 만들게 하고 한동안 입히기도 했다.

그 친구가 세상을 떠난 뒤, 내 옷은 갈 길을 하나 잃어 오랜 세월 내 곁에 남아 있었는데, 같은 옷을 십 년이나 입으면 마지막 이삼 년은 해가 갈수록 본연의 색감을 점점 잃어간다는 것을 깨달았다. 이것이 나이를 먹는다는 것이다. 그래서 아직 닳지 않은 내 옷을 일본 여기저기로 보내기 시작했다.

봄가을에 입던 부드러운 연회색과 올드로즈 잔무늬 느낌의 플란넬은 지금 이 산에서 같이 사는 열다섯 여자애의 나들이

옷이고, 흰 바탕에 아라비아풍 색색의 꽃무늬가 새겨진 면 원
피스는 아키타에 사는 처녀가 입고 있고, 저녁놀 색인 털 투피
스는 군마의 젊은 부인이 고쳐서 입고 있다. 모두 이 전쟁을
통해 새로 알게 된 친구로, 전쟁 전에 성장한 나와는 다른 청
춘 시절을 보냈고 그 옷의 역사나 그 옷을 입던 나를 모르는
사람들이다. 그래도 나는 그 옷과 함께 돌이켜보면 차분했던
내 젊은 시절의 추억 한 장면을 그들에게 보낸 셈이다.

딱 한 벌, 벌써 십삼 년, 십사 년이나 입은 검은색과 회색의
잔무늬 외투는 워낙 아끼는 것이어서 남에게 줄 여유도 없을
정도로 매일 같이 입었다. 여전히 튼튼하고 좋은 옷인 줄 알
았는데 작년 정월에 산에서 도쿄로 나갔다가 깜짝 놀랐다. 으
스대는 빨강과 노랑의 범람 속에서 내 체형에 맞춰진 까만 코
트는 비렁뱅이처럼 초라해 보였다. 나는 용궁에 놀러 갔다가
세월이 지나 지상으로 돌아온 우라시마 타로처럼 망연자실해
도쿄에 머무는 동안 친구의 외투를 빌려 입고 바싹 긴장한 채
다니며 간신히 체면을 지켰다.

이 경험으로 이런저런 생각이 들었다. 3년간 흙과 눈을 상
대한 덕에 나는 도쿄를 타인－호감은 있지만－처럼 여기게 되

었다. 도대체 이 자유롭지 못하고 자연스럽지도 못한 광경은 무엇일까. 도쿄에서 어엿한 차림으로 일하려면 외국 사람의 체형에 맞춘 옷을 입고, 양말을 신고 구두를 신어야 한다. 나는 외출했다 돌아오면 산에서 트렁크 바닥을 뒤져 가져온 양말을 기웠는데, 이미 기운 흔적이 있는 양말이었다. 도쿄에 머무는 짧은 기간을 이렇게 보내다니 한심해서 울고 싶은 기분이었다. 종일 걷다가 돌아오면 낡은 양말에는 두세 줄이나 전선이 갔다. 한 켤레에 천 엔이나 하는 양말을 살 돈이 있다면 모아서 산으로 가져가 젖소를 사고 싶다. 아픈 사람이나 아이에게 우유를 먹여 살찌우고 싶다. 새끼를 낳게 하고 나이를 먹어 죽으면 구두라도 좀 장만하고 싶다. 그건 그렇고 예쁘게 화장하고서 거리를 걷고 사무실에서 일하는 아가씨들은 뭐가 그렇게 즐거운지 여기저기 돌아다니는데 그들은 과연 무엇을 먹을까? 무슨 생각을 할까? 그 아가씨들은 일본 곳곳에서 농민이 걸레 같은 작업복을 입고 걸레 같은 요에서 잠을 자는 사실을 알까? 우리 이웃 주민들은 도쿄라는 곳이 있는 줄은 알아도 도쿄에서 무슨 일이 벌어지는지 모른다. 경편 철도는 자주 타도 도호쿠 본선조차 경이로워서, 얼마 전까지만 해도 학교 소풍으로 학생들이 구경하러 갔다. 이런 사람들에게 붙이는 속눈썹이나 가짜 가슴 이야기를 하면 "그런 걸 왜 하는데요?" 하고 놀라겠지. 예쁘게 보이려고 그런다고 알려줘도 이해하지 못할 것이다. 그래도 그들은 막걸리를 한잔 걸치고 배부르게 먹고 화롯가에서 잠을 잔다. 일본이란 곳은 심장과 손이 너무 제각각 움직인다는 인상을 받았다.

나도 원래는 도쿄에서 남의 것을 내 것인 줄 착각하고 공회전하고 있었을 것이다. 그러지 않았다고 주장하고 싶지만 나는 방패의 한쪽 면밖에 보지 못했다.

역시 너니까 하이칼라로 빼입고 농사를 지을 것이라는 말을 들었을 때, 나는 의자에 앉아 양말을 기우며 저 먼 산속 생활을 어떻게 설명해야 좋을지 몰라,

"해져서 피부가 드러나는 옷을 입어"라고 대답했다.

작업복은 빳빳한 면이 아닌 이상 아무리 기워도 찢어져서 걸레처럼 되어버린다. 해진 바지를 입고 밭에 들어가면, 어느새 거머리가 몇 마리나 잔뜩 달라붙어 피를 빨아 다리를 들어 보면 무슨 새싹처럼 커져서 대롱대롱 매달려 있다. 그것을 뜯어내고 뜯어내며 밭을 돌아다닌다. 작업복은 또 놀랄 정도로

약해서 이렇게 물속에 잠겨 있다 보면 녹아 사라진다. 그래서 농민은 순면이 최고라고 말하며 순면을 사기 위해 쌀을 모아 둔다.

아아, 이 외국과 일본과, 공복과 만복과, 원자력 시대와 신성 시대와, 말쑥한 양복과 허름한 작업복의 거리감을 줄여줄 다지카라오노미코토手力男命(아메노다지카라오라고도 한다. 일본 신화에 등장하는 신으로, 이름 자체가 힘이 센 남자라는 뜻이다. -옮긴이)나 삼손 같은 장사가 없을까, 나는 양말을 기우며 짜증이 나서 등이 근질거렸다.

땀과 목욕과 거름,
그리고 산속 오두막

　도호쿠 본선을 타고 우에노에서 열한 시간, 이후 성냥갑 같은 사철로 갈아타 덜컹덜컹 흔들리며 아키타와 미야기와 이와테 경계에 거대한 코브라처럼 진을 치고 있는 구리코마산의 기슭으로 두 시간쯤 들어가면 논밭에 둘러싸인 우구이스자와라는(이곳 사람들 발음으로는 오고이스자라고 한다) 아담하고 이름이 예쁜 역이 나온다. 말 그대로 한촌인 이 촌락 구석에 살기 시작한 후로 나는 도쿄로 나올 때마다 친구들에게

　"드디어 돌아왔구나"나,

"대체 언제까지 그런 곳에 있을 거야"라는 소리를 듣는다.

언젠가는 술에 취해 "왜 안 돌아오는 건데"라며 머리를 퍽 치는 사람도 있었다.

나는 고마웠다. 그 정도로 내가 도쿄에 돌아오기를 바라는 사람이 있다는 것은 역시 고마운 일이다.

그러나 동시에 나는 싫기도 하고 귀찮기도 하고 이상하기도 했다. 내가

"남편 전근 때문에요"라거나

"애가 몸이 안 좋아서요"라고 말하면, 일본인은 단 한 명도 남김없이 꼬투리 잡지 않고 이해했을 것이다. 그런데 내게는 부양을 받거나 혹은 할 남편도 자식도 없다. 내가 내 의지로 여성스럽지 않게 산속에서 흙투성이가 되어 살고자 했더니 상황이 여간 번거로웠다. 그들은 내 보잘것없는 구실의 허점을 발견해 반격했다.

"시대착오도 좀 적당히 해야지."

"새로운 농촌 만들기의 아류 같아요."

"그거 실패할 겁니다!"

나는 비참해져서 속으로 '아아, 톰(고양이)아, 에르시(젖소)야,

포피(양)야, 새야, 꽃아, 사실 나는 너희와 같이 있는 것이 그저 좋을 뿐이야, 그것뿐이란다!'라고 생각한다.

우리가 갑자기 이 농촌 마을에 나타난 것은 전쟁과 패전의 갈림길에 선 시기였다.

전쟁 중에 나는 슬픈 일을 많이 겪어 세상이 덧없게 느껴졌다. 내가 쓰던 어린이 이야기의 주제는 '자유주의'였다. 그런데 글을 쓰는 사람들의 회합에 가면 의장이,

"그럼 ○○ 씨, 당신은 신사 청소를 주제로 일고여덟 살 여아를 주인공으로 해서 열다섯 장을 써주세요. ×× 씨, 당신은 근로봉사를 나간 소년을 주인공으로 열 장을요"라는 식으로 요구했다.

나는 그렇게 주문받은 이야기는 하나도 쓸 수 없었다. 나는 나의 무능력함을 한탄하며 어느 공장에 가보았다. 그곳에서 도호쿠에서 학생들을 데리고 온 가리노라는 여자 선생을 만났다. 그곳은 모범 공장이어서 가리노 씨가 데리고 온 학생은 모범 학생으로 표창을 받았다. 그런데 이 모범 공장의 후생과에는 늘 고기가 있고 높은 사람이 시찰을 오면 아이스크림도 나왔는데, 학생들은 고구마만 지급받았다.

언제던가, 나는 일하면서 사실 농사를 짓고 싶다고 말했다. 가리노 씨가 자기도 그렇다고 하며 같이 하자고 했다. 그로부터 이삼 개월 후 가리노 씨는 공장 측과 싸워서 학생들을 데리고 아키타로 돌아갔고 얼마 후 학교도 그만두었다.

우리가 공습으로 운행 시간이 제멋대로인 기차를 타고 적절한 장소를 찾아 사방을 돌아다니다가 간신히 지금 머무르는 이 산에 도착한 날은 1945년 8월 11일이었다. 가리노 씨의 고향이 이곳 근처였고, 친구의 남편이 이 산의 소유주였다. 그는 금방 질릴 것이 뻔한 두 여자가 일굴 정도의 땅이라면 빌려줘도 된다고 했다.

원래 이 분지는 군유림의 묘포(묘목 양성을 위해 이용하는 토지 – 옮긴이)였는데 개인 손에 넘어간 후로 황폐해져서 잡초가 무성하게 자랐고, 남쪽을 바라보는 언덕 중턱에는 금방이라도 쓰러질 초가집이 한 채 있었다. 북쪽 산그늘에는 삼나무가 빽빽하게 자랐고 그 아래에 계곡물이 흐르는 우물이 있었다. 토지는 북에서 동으로 경사를 이루었고 그 토지를 세 구역으로 구분하며 길고 가늘게 강이 흘렀다. 다다미로 두세 장 크기의 밭이 총 열대여섯 자리나 있었고 가장자리에 하얀 백합이 피어 있었다.

"어머나, 백합이 피었어. 백합이 피었어!" 하고 외치며 논둑을 폴짝폴짝 뛰던 나를 기억한다. 가리노 씨의 말에 따르면 그날 나는 수십 일 만에 웃었다고 한다.

"살 집을 고르는 것은 평생의 반려를 고르는 것과 마찬가지로 좋고 싫음이 중요한 문제입니다. 결점은 어디에나 다 있겠지요. 그래도 당신은 그 집이 마음에 듭니까?"

내가 좋아하는 책에 이런 말이 나온다. 내가 고른 것은 집이 아니지만 내게는 이 산에 사는 것이 가장 납득할 수 있는 일이었다. 무엇보다 그 누구에게도 폐를 끼치지 않았다.

자, 토지가 정해졌으니 '농사꾼' 일을 시작해야 했다. 읍에서 촌락으로 숙소를 옮기기로 해 이치카와 씨라는 분의 농가 방을 하나 빌렸다. 우리가 가진 농기구는 내가 도쿄에서 방공호를 팠을 때 쓴 삽 한 자루였다. 그것만으로는 불쌍하다면서 산 주인이 개간용 곡괭이를 한 자루 기부해주었다. 나무를 벌채하는 톱은 가리노 씨가 본가의 오빠에게 빌려 왔다.

8월 15일 오전, 가리노 씨는 이치카와 씨 집의 마루에 앉아 톱날을 쓱싹쓱싹 가느라 정신이 없었다. 고심한 끝에 일을 시작하기로 한 첫날이어서(8월 15일, 가리노 씨 어머니의 기일, 이 의미 있는 날에 우리는 새롭게 출발하려고 했다) 우리는 새벽부터 산으로 가고 싶었는데, 그날 낮에 나라에서 '감사한 방송'이 있을 예정이니 모두 들으라는 명령이 내려왔다. 가리노 씨는 그때까지 시간이 아깝다며 열심히 쓱싹쓱싹 톱을 갈았다.

낮, 이치카와 씨의 안방 라디오 앞에 동네 부인들, 할머니들이 우르르 모여들었다. 우리는 아나운서의 지시대로 경례를 하고 그 운명의 방송을 들었다.

방송을 다 듣고 가리노 씨와 마주 본 순간, 영문을 모르겠는데도 눈물만이 뚝뚝 흘러내렸다. 주변은 어리둥절한 표정이었다.

"전쟁이 이제 끝났어요." 우리가 말했다.

이 무슨 황당하고 얼빠지는 소리일까. 그러나 우리가 분명 말할 수 있는 것은 전쟁이 '끝났다'는 것이었다. 이길 리는 없으니 과연 어떻게 졌을까.

"어머나, 그래요?" 묘한 표정으로 대꾸하고 돌아간 부인들은 또 바쁘게 자기 집 마당에 방공호를 파기 시작했다. 근처에 광산이 있어서 이 촌락에서는 매일 같이 새까만 함재기를 목격했다.

그날 오후, 나는 작열하는 햇볕을 받으며 우리의 땅에 퍽! 최초의 괭이질을 했다. 곡괭이로 쪼개진 식물 뿌리는 피가 통하기라도 하듯이 붉그스름했다. 하늘은 그야말로 파랗고 또 파랬다. 오늘 밤부터 도망치느라 돌아다니지 않아도 편하게 잘 수 있겠다고, 나는 흙을 일구며 멀리 사는 언니들에게 속으로 말을 걸었다.

그날 세 평쯤 갈았다.

돌아오는 길에 가리노 씨가

"우리 죽을까?"라고 물었다.

"무슨 소리야? 그럴 리 없어." 나는 대답했다.

나는 그 반대일 것 같았다.

신문을 보고 많은 것을 알 수 있었다.

그런데 우리는 뜻밖에도 이웃 주민들에게 존경 어린 시선을 받게 되어 놀랐다. 그 방송을 듣고 패전을 '예언'한 이치카와 씨네 '안방' 사람들은 아무래도 학문이 뛰어난 모양이라고 여겨졌다. 우리의 '예언'을 듣자마자 방공호 파기를 그만둔 이치카와 씨 부인은 기세등등해서 우리에게 그 소문을 알려주었다.

도와주려고 온 가리노 씨의 사촌 A 양, 제자 M 양, 그리고 우리까지 네 사람은 바지런하게 밭에 다녔다. 우리는 전쟁이 끝나기 전부터 이곳에 있었는데 그 사실을 까맣게 잊은 동네 아이들은 안경을 쓰고 늠름하면서도 괴상한 차림을 한 여자들을 학교에 오갈 때마다 목격하고 곧 우리를 '미군 부대'라고 부르기 시작했고, 그중에서 가장 키가 크고 목소리도 큰 가리노 씨는 어느새 연합군 최고사령관이라는 감투를 썼다. '산' 근처에 사는 주민들 역시 여자들로 이루어진 우리 부대에 놀랐다. 여자들은 아침이면 언덕 그늘로 들어가고 저녁이 되면 나와 '마을의 번화가'로 돌아갔다.

그리고 그해 겨울, '산'에는 오두막이 세워졌고 다음 여름에는 촌락에서 제일가는 수박이 밭에 굴러다녔다. 산양이 양이 되었고 소도 왔고 집이 세워졌다. 사 년쯤 지나자 우리는 '산 선생님들'이 되었다. 원래 선생님이었던 가리노 씨라면 몰라도 나까지 선생이라고 불리는 것은 민망해서,

"저는 선생님이 아니에요. 저는 교편을 잡은 적이 없어요"
라고 설명했지만,

"그럼 뭘 하면서 살았는뎁쇼?" 하고 웃으며 상대해주지 않았다. 그들 눈에는 양복을 입고 안경을 썼으며 존경할 만한 여성에게 잘 어울리는 직업은 선생뿐이었다. 그리하여 나는 선생이 되었다.

아직 못이나 널빤지가 비쌌을 시절, 튼튼한 나무 상자를 만들어 도쿄에 짐을 보내고 상자는 비어도 좋으니 반송해달라고 부탁했는데, 욕실 땔감으로 썼다는 답변이 돌아와서 실망하는 경우가 많았다.

"산에서 목욕은 매일 하니?" 언니들이 부럽다는 듯이 물어서,

"응, 바람이 심해서 산불이 겁날 때를 제외하면"이라고 대답하자,

"그렇구나. 힘쓰는 일을 하면 역시 지칠 테니까"라고 했다.

그래서 거짓말을 못하는 나는,

"그것도 그런데, 목욕 불을 때지 않으면 거름을 만들지 못하거든"이라고 설명했다.

다른 지방은 어떨지 모르지만 이곳 농가의 목욕탕은 한 칸

이나 한 칸 반 정도의 작은 건물로, 농가의 현관인 안채 봉당을 나가 너덧 칸 거리쯤 떨어진 곳에 세운다. 즉, 현관 정면인 셈이어서 안방에서 마당 전체를 바라볼 때 전망을 조금 해치는 위치다. 목욕탕이—거름 제조장인 목욕탕이—그런 위치에 있는 것이 이상했는데 불조심을 위해서일지도 모른다. 목욕불 때우기는 보통 아이의 역할인데, 내가 아는 이곳 목욕탕은 대부분 굴뚝이 달리지 않은 쇠통 욕조여서 '쇠통'에서 화염이 고오오 소리를 내며 목욕탕 지붕을 그을릴 정도로 치솟는 것을 종종 본다. 그러니 어머니들이 봉당에서 밥을 짓다가 뒤만 돌아보면 목욕탕 상태를 살필 수 있다는 의미에서 목욕탕이 그곳에 있을 이유가 충분했다.

목욕탕 구석에는 칸막이가 있고 그 너머가 변소다. 변소에는 보통 문이 달리지 않는다. 양쪽에서 흘러온 것이 거름 구덩이에 모여 채소 재배에 없어서는 안 될 '목욕물'이 된다.

처음 촌락의 농가에 묵었을 때였다. 저녁에 마당에 서 있는데, 그 집 어머니가 밭에서 일하다가 돌아와 소매 없는 옷차림으로 길이 삼십 센티 정도의 불쏘시개 다발에 불을 붙여 횃불처럼 치켜들고 부엌에서 서둘러 나왔다. 젊어서는 미인이라

평판이 자자했고 춤도 잘 췄다는 어머니는 나긋나긋한 걸음걸이로 마당의 새까만 오두막으로 들어갔다. 나는 그 모습이 아름다워서 멍하니 바라보았고 올림픽 성화를 떠올렸다.

이삼 초쯤 지나자 그 새까만 오두막은 입속에 가득 참고 있던 연기를 쏟아내듯이 아담한 지붕 아래에서 희멀건 연기를 꾸역꾸역 뿜어내기 시작했다. 나는 창고인 줄 알았던 오두막이 목욕탕인 것을 알고 놀랐다.

저녁을 먹은 뒤, "목욕하고 오세요!"라고 해서 내가 제일 먼저 들어갔다.

낮에 내부를 잘 봐두지 않아서 나는 입고 있던 옷을 손으로 더듬으며 그을음으로 거슬거슬한 퇴창 같은 곳에 두었다. 발아래에 섬돌 크기의 돌이 하나 있을 뿐이었다. 나는 돌 위에 서서 물을 쫙쫙 뿌리고 목욕통 안으로 들어갔다. 거름 냄새가 물씬 났고 만져 보니 사방이 미끈미끈했다. 나는 몇 초쯤 있다가 후다닥 나왔다.

나와서 세숫대야에 물을 받아 수건을 헹구고 몸도 열심히 닦았는데 일단 들러붙은 냄새는 끈질기게도 나를 따라와 밤에 침상에 누워서도 몸을 뒤척이면 그 따뜻하고 냄새나는 공기가 품에서 되살아나 나는 잠을 자지 못했다.

다음 날 아침, 툇마루 바지랑대에 걸어놓은 수건을 열심히 찾는데 가리노 씨가 바지랑대를 가리키며 말했다.

"거기, 거기 있잖아."

나는 진심으로 "헉!" 하고 놀라 그곳에 팔랑거리는 본 적 없는 새까만 수건을 붙잡았다. 색과 냄새는 다르지만 크기도 형태도 내 수건이었다.

나는 그날부터 매일 밤 목욕을 하러 갈 차례가 되면, 목욕탕에 가서 첨벙첨벙 물을 휘저으며 잠깐 있다가 "잘 썼습니다" 하고 나왔다.

그러나 여름이 한창이고 토지를 찾으며 종일 돌아다니는 내가 목욕통에 들어가려고 하지 않자 같이 자는 사람들도 조금 불쌍했는지, 어느 날 집주인에게 워낙 바쁘시니까 목욕물을 우리가 갈겠다고 넌지시 제안했다. 그날 우리는 점심때를 조금 지나자마자 목욕통을 열심히 닦고, 깊은 두레박 우물에서 깨끗한 물을 길어 목욕통을 가득 채웠다. 그 후에 불을 때기 시작했는데, 그때가 내가 처음으로 '쇠통'을 상대한 순간이었다. 불타올랐다가 꺼졌다가 얼마나 다루기 어렵던지, 나는 연기 탓만은 아닌 눈물을 흘렸다. 아궁이가 연통을 겸하는 것은 실로 불합리했다. 불 상태를 확인하려면 연통 위에서 아래를 들여다봐야 한다. 들여다봤을 때 불이 꺼져 있으면 실망하긴 해도 최소한 다치지는 않는다. 불이 활활 타면 금방 눈썹이 타들어 간다.

몇 시간에 걸쳐 간신히 목욕물을 데웠는데, 목욕탕은 청소하기 전과 마찬가지로 그을음이 가득 끼어 내 얼굴은 눈물과 그을음으로 엉망이 되었다.

그런데 그날 내가 가장 놀란 점은 목욕통에 들어갔더니 물에 잠긴 내 몸이 보이지 않는 것이었다.

목욕탕이 어떤지 살피러 온 가리노 씨에게 말했다.

"예전에 그, 이런 볼거리가 있지 않았나? 몸통이 없고 목만 있는 인간."

"아마 '쇠통'의 녹이 나와서 그럴 거야." 가리노 씨가 나무라듯이 말했다.

나는 몸통 없는 인간이 되어 처음으로 밝은 빛 속에서 여기서부터 저기까지 다 새까만—구석에 걸린 가족용 수건은 꼭 기저귀 같았다—목욕탕을 둘러보며 이런 것도 무리가 아니라고 생각했다. 남자들은 모두 출정했고 여자 둘이서 자식을 네 명이나 키우며 논밭이 일 정보나 된다. 목욕탕 청소까지 하면 죽을지도 모른다.

산 가까운 곳으로 이사하고 아직 빌린 방에 살며 산에 다닐 무렵, 12월의 목소리가 들리기 시작하자 매일 아침에 창문을 열어 보면 마당이 하얗고 엷게 화장을 했다. 우리는 산으로 이사할 계획을 세우기 시작했다. 차츰 허물없어진 동네 사람들은 최소한 봄이 된 후에 가라고 말렸지만 우리는 진지하게 비료 문제를 고민하고 있었다. 겨우내 남의 집에 머물며 남의 목욕탕을 쓰며 남의 비료를 늘려줄 수는 없다.

우리는 청년단 사람들에게 산에 오두막집을 세워달라고 요청했고, 지붕은 조릿대 다발을 얹고 주변은 두꺼운 새로 둘러쳐달라고 부탁했다. 그리고 신세를 지던 집의 사람이 옆집에서 빌려온 썰매에 필수품을 담아 이사를 시작했다.

썰매는 도로 폭에 꽉 들어찰 만큼 컸다. 거기에 냄비와 솥, 이불, 옷, 책 등을 쌓았다. 줄로 단단히 묶고 옷도 단단히 입고, 썰매를 있는 힘껏 끌기 시작했을 때는 용감무쌍했다. 가리노 씨가 끌고 M 씨와 내가 밀었다. 눈에서 삐걱삐걱 소리가 났고, 우리가 내디딘 첫걸음의 발자취가 새파랗게 보였다. 얼마 가지 않아 우리는 열이 확 올라 땀을 뻘뻘 흘렸다. 쉬었다가 끌고 쉬었다가 끌며 두 시간쯤 걸려 산에서 십 분 거리인 헤이고로사카라는 언덕 아래까지 왔을 때는 땀과 피로로 어지러워서 한 발짝도 움직이지 못했다. 귀가 왕왕 울려서 내가 한 말에도 왕왕 깡깡 시끄러웠다. 한참이나 죽은 듯이 썰매 위에 쓰러져 맹렬한 열기에 휩싸인 채 숨을 몰아쉬다가 간신히 "나는 이제 못해, 허억", "어쩌지, 허억", "누가 와주면 좋겠는데, 허억" 같은 대화를 나눴다.

그런데 갑자기 눈을 헤치며 새까만 인영이 뛰어왔다. 그 사람은 언덕 아래에서 오른쪽으로 꺾어지는 길로 가려다가 우리를 발견하고는 후다닥 와서 "움직이지 않나요? 제가 밀게요" 하고 도쿄 말을 했다.

젊은 여자였다. 우리는 신처럼 우러러보았다. 고갈됐을 힘이 다시 샘솟았다. 으라차차 으라차차 구령하며 마지막 남은 힘을 짜내 밀고 끌자 눈에 파묻혔던 큰 썰매가 즛, 즈즈즈즛 하고 움직였다. 그걸 또 열심히 밀고 끌었다. 간신히 언덕을 올라가 조금 더 간 후, 그 사람은 자기는 여기서 꺾어지면 된다면서 다시 눈 속으로 사라졌다.(그 사람이 누구였는지는 그로부터 이 년이 지난 후에 알게 되었다.)

조금 더 갔는데 또 썰매가 눈에 파묻혔다. 우리는 썰매에 완전히 진력이 나서 길가 농가에 맡기고 짐을 지고 가기로 했다. 짐을 내리고 썰매를 가장 가까운 농가 문 옆까지 끌었는데, 그것이 얼마나 무겁던지. 무거운 것은 썰매였다.

12월 20일, 8월 15일 다음 가는 우리의 기념일이 되었다. 오후 세 시, 산의 오두막집으로. 마루에 나란히 선 어머니, 할머니, 아이들은 마치 멀리 떠나는 사람을 배웅하듯이 안녕, 안녕 손을 흔들었다. 며느리인 T 씨도 짐을 하나 지고 배웅하러 와주었다.

오두막집에 도착해 보니 선발대인 가리노 씨가 북쪽 선반을 두 단으로 나누어 잘 수 있게끔 침대를 만들고 난로를 세게 틀어 놓고 기다리고 있었다. 입구의 새까만 낡은 방충망 안의 봉당에는 장작이 쌓였고, 다리미나 농구가 놓여 있었다. '마루'로 올라간 곳에는 찢어진 장지가 세워져서 연극에 나오는 거지 소굴 같았지만, 빌려 온 램프를 달았더니 기분이 났다.

이번에는 우리가 안녕, 잘 가요, 손을 흔들며 T 씨를 보내고 아직 멍석도 깔지 않은 바닥을 덜컹거리며 저녁 준비를 시작했다. 언덕에 둘러싸인 정숙함 속에 우리 셋만 남았다.

그날 밤은 이 세상 같지 않게 아름다운 달밤이었다. 하얀 눈, 나무들의 까만 그림자, 우리 셋은 오두막집 앞에 가만히 서 있었는데, 작디작은 원자가 되어 눈 속으로 스르륵 사라져 버릴 것만 같았다.

침대에 누워 가리노 씨가 기쁨으로 온몸을 떨며 말했다.

"아아, 이제 집세를 내지 않아도 돼!"

다음 날부터 비료 문제를 해결하러 나섰다. 오두막 바로 옆에 못통을 파묻고 임시 건물을 지었다. 건물을 완성했을 때 나는 오두막집 입구에 떡 서서, 안에서 뭔가 하고 있던 가리노 씨에게 전쟁 전의 식당차 웨이터 같은 말투로 그 사실을 알리려고 했는데 기쁘고 우스워서 웃음이 터지는 바람에 도저히 끝까지 말하지 못했다.

"여러분……, 여러분……, 여러분……, 벼…… 변소…… 변소 준비가…….."

둘은 "무슨 일이야?" 하고 의아해하며 나왔다.

이 시기에 나는 도쿄에 나올 때마다 우울해져서 산으로 돌아갔다. 나는 돌아갈 때마다 몇 가지 새로운 말을 기억해서 가리노 씨에게 보고했다.

작년 봄에는,

"요즘 도쿄에서는 다들 '자금 융통이 막혔다'라는 말을 써"라고 보고했다.

그다음에는

"'부정대출'이라는 말 들어본 적 있어?"

가장 최근에는

"'회수 불능'이래!"

나는 산에 방문하는 이웃 주민들에게 안 좋은 이야기만 들려줘서 미안하다고 생각하면서 도쿄에서 보고 온 것, 듣고 온 것을 말해주었다.

"어라, 도쿄는 그렇게 불경기인가 봐요?"

나는 이 사람들이 올해 어떻게 살아남을지 걱정되어 그들의 얼굴을 볼 수 없었다. 이 사람들에게 돈이 있을 리가 없다. 조상 대대로 빈곤을 물려받았다. 나는 도쿄에서 몸을 최대한 움직이지 않고 담배를 피우며 억지 이론이나 늘어놓는 사람들이 미워졌다. 라디오에서 일본어로 말하면서 '마더스 라이브 러리'나 '버즈 데이' 같은 소리를 하는 사람들이 미워졌다. 아 침 4시에 일어나 트라코마(결막질환. 심할 경우 시력장애를 초래한 다.-옮긴이) 때문에 아픈 눈을 깜박이며 밥을 짓고 풀을 베러 나가는 며느리들이 그저 안타까웠다. 우리가 밟고 선 이 사람 들의 세상을 밝게 해줄 사람에게 투표하려고 나는 후보자 명 부를 열심히 공부했다.

산 생활을 시작할 무렵의 이야기가 많아졌다. 정리하면 우 리가 산에 살면서 했던 농부 생활이 그다지 특별하지 않았다 는 증거다. 밭 다섯 단보, 논 두 단보, 아침부터 밤까지 일했는 데 작년에는 둘 다 허리가 안 좋아져서 논은 남에게 빌려주었 다. 지금 내겐 도쿄가 신기할 뿐이다.

'논짱 목장'
중간보고

　도쿄에 사는 친구는 내가 '산'이라고 부르는 미야기현 우구이스자와정에 가서 어떻게 사는지 상상하기 어려운지 "정말로 목장이 있어?" 하고 묻는다. 나는 대답하기 곤란해서 그냥 "그야 있는데요" 하고 간단히 답하고 마는데, 과연 그들이 어떤 목장을 떠올릴지 불안해서 마음이 쓰인다.

　목장도 종류가 다양해서, 소똥 냄새를 동네방네 풍기며 나무 울타리 안에 소를 열 마리쯤 키우고 '어쩌고저쩌고 목장'이라는 이름의 우유를 파는 곳도 있고, 광활한 목초밭에 소가 삼

삼오오 돌아다니는 곳도 있다. "목장이 있어?"라고 친구가 물을 때, 그가 머릿속으로 이런 고이와이 스타일의 목장을 떠올릴 것 같아서 나는 걱정된다.(고이와이는 일본의 유명한 목장으로 고이와이 우유라는 브랜드를 생산한다. ─옮긴이)

그러면 그렇지, 그들은 "소가 몇 마리나 있어?"라고 묻고 내가 "세 마리"라고 대답하면 티가 나게 실망한 표정을 짓는다.

나도 가능하면 소 마릿수를 많이 말해서 친구를 기쁘게 해주고 싶은데, 한 마리라도 소를 키우는 것은 쉬운 일이 아니다. 한 마리가 무려 십만 엔이나 하거니와, 키우려면 세 단보쯤 되는 목초밭이 필요하다. 거기에 축사, 관리, 기타 등등이 따라온다.

우리도 많을 때는 소를 여섯 마리까지 키웠다. 그러나 시중을 들고 먹이를 구하느라 허덕이다가 결국 많이 먹는 녀석부터 팔기 시작해 송아지 때부터 키워 헤어지기 아쉬운 소와도 헤어졌고, 대신 성능 좋은 홋카이도산 소 두 마리를 키웠다. 이후 수가 늘어 지금 간신히 세 마리가 됐다.

동쪽을 제외하고 삼면이 언덕인 우리의 길쭉한 분지는 세 정보 정도다. 그 안에 동서로 흐르는 강줄기가 셋 있고 그 주변의 비탈 여기저기에 목초지가 아홉 단보쯤 있다. 그리고 채소밭과 과수원이 조금씩 있고 가옥이 두 채다.

소규모 영화관처럼 보이는 훌륭한 가옥 쪽이 외양간이어서 방문객들이 종종 실수로 "실례합니다" 하고 소가 있는 곳으로 가곤 한다.

이것이 동네 사람들이 말하는 '논짱 목장'이 개간하고서 십이 년 만에 마침내 도달한 결과였다.

그런데 신기하게도 내가 도쿄에서 '산'을 떠올릴 때면 머릿속에는 이 언덕 사이의 단층집보다 지금은 몇 개의 촌과 정이 함께하는 우구이스자와 낙농조합이라는 전체상을 떠올릴 때가 많다.

이 조합은 우리가 발기인이 되어 시작한 것이고 지금 오로지 여기에 정신을 집중하고 있으니 당연하다면 당연하다.

어쨌든 이 모든 것이 이렇게 된 계기는 내 허무맹랑한 꿈이었으니, 내가 생각해도 참 놀랍다.

종전 한 해 전, 나는 우연한 기회로 지금 낙농조합 전무인 T. K 씨와 만났다. 당시 K 씨는 아키타현 혼조의 여학교에서 교편을 잡았는데, 학생들을 이끌고 가와사키의 진공관 공장에 일하려고 와 있었다. 어느 날, 나는 그 공장에 견학하러 갔다. 그리고 아이들과 하나가 된 K 씨의 모습에 감동했다. 마침 그 당시 나는 삶에 대해 고민하던 중이어서 K 씨의 제안에 따라 공장 기숙사에서 종종 신세를 졌다. 그리고 기숙사에서 묵는 날이면 밤에는 아이들에게 국어를 가르쳤고, 낮에는 K 씨와 책상을 나란히 하고 진공관을 만드는 생활을 시작했다.

그때까지 나이 어린 학생들에게 둘러싸여 살던 K 씨는 동년배 대화 상대가 생겨 몹시 기뻐했고, 우리는 그 시절을 살던 사람이면 누구나 품었을 가슴속의 답답한 감정에 대해 매일 대화를 나눴다.

그러다가 내가 몇 년 전부터 품었던 꿈을 K 씨에게 말했다.

나는 묘한 부분에서 겁이 많아, 선물을 사 들고 농가를 찾아가 농산물을 사는 일을 도저히 하지 못하는 성격이었다. 그래서 내 머릿속에는 사랑스러운 소규모 농장이 늘 아른거렸다. 나는 몸을 움직이는 것을 싫어하지 않았다. 그러니 작은 땅이 있어서 내가 먹을 농산물과 팔 것을 조금만 재배할 수 있다면……, 그리고 밤에는 공부를 하는 것이다. 진공관을 만들면서 나는 K 씨에게 정신없이 그런 이야기를 했고, 밀짚모자를 쓰고 밭을 오가는 내 모습이 눈에 선하게 보이는 것만 같았다.

그런데 놀랍게도 K 씨가 "그럼 나랑 같이해요"라고 말했다. 전쟁 말기여서 사람들의 심리가 조금씩 이상해졌나 보다.

이듬해 봄의 학년 말, K 씨는 도쿄로 데려온 학생들의 생명이 위험해져서 회사의 반대를 무릅쓰고 학생들과 함께 아키타로 돌아갔다. 돌아가자마자 근로 동원 중의 공로를 인정받아 현청의 임원으로 뽑혔지만, 그 직함도 7월에 내팽개쳤다. 그녀의 고향인 미야기현 이와가사키 부근에 우리의 농장이 될 만한 땅을 찾을지도 모른다는 전망이 섰기 때문이다.

땅을 찾으러 여기저기 돌아다닌 끝에 K 씨의 친구이며 산을 많이 소유한 사람으로부터 넓은 산지를 받았고, 우리가 드디어 최초로 땅에 곡괭이질을 한 것이 1945년 8월 15일이었다. 딱히 패전에 분기한 것이 아니라 그날이 K 씨 어머님의 기일이어서 우리가 새로운 일을 시작하는 날로 삼자고 전부터 생각하고 있었다.

그 역사적인 8월 15일 아침, 우리는 빌린 곡괭이 한 자루와 톱 한 자루를 들고(무모하게도 우리는 농기구 하나 없는 맨몸이었다),

경편 철도를 타고 이와가사키정에서 우구이자와촌으로 갔다. 낮에 있을 예정인 '감사한 방송'을 듣고 산으로 들어갈 생각이었다. 이곳에서 신세를 지기로 한 스즈키 씨의 넓은 농가 마루에 앉아 정오가 되기를 기다리는 동안, K 씨는 시간이 아깝다면서 톱날을 쓱싹쓱싹 갈았다.

방송이 끝났다. 정오 전과 오후 사이에 일본의 운명이 완전히 바뀌었다. 우리는 한동안 넋이 나가 우리도 이유를 모르는 눈물을 흘렸지만, 신기하게도 지금부터 하려던 일에 대한 마음가짐은 전혀 변하지 않았다. 우리는 곡괭이와 톱을 들고 산길을 올라갔다. 나무 스무 그루를 베고 땅을 세 평쯤 골랐다. 온 힘을 다해 톱질을 하는데 하늘이 새파랬다. 아름다운 것은 무엇 하나 잃지 않았다고 생각했다.

그로부터 1년간처럼 그렇게 힘들면서도 행복한 시간은 다신 없으리라.

매일 아침 스즈키 씨 댁 안방에서부터 산에 있는 밭까지 삼십 분이나 걸리는 길을 허리에 도시락을 매달고 올라갔다. 살 집도 없으면서 산양을 사들여 키웠기에 산양도 같이 데리고

산으로 출근했다.

있는 대로 채비를 한 여자들의 행렬(때때로 K 씨의 옛 제자가 도우러 왔다)이 이곳에 사는 사람들에게는 이상하게 비쳤는지 그들은 이런저런 소문을 쑥덕였고 나중에는 '전장에 간 남편이 돌아오기를 기다리는 무리'라고 결론을 내렸다고 한다. 그런데 남편은 도통 나타나지 않고 아무리 시간이 지나도 여자들뿐이다. 그러자 사람들은 우리를 '맥아더 부대'라고 부르기 시작했다. 종전과 동시에 나타나 낡은 군화 따위를 신고 늠름하게 걸어 다녔기 때문이다. 지금도 그 명칭이 남아서 동네 사람들끼리 K 씨를 맥아더라고 부르는 모양이다. 그래서 아이들은 별명인 줄도 모르고 "맥아 선생님, 잘 가요!"라고 말하곤 한다.

그렇게 겨울이 되었다. 겨울 중에도 일(호박 구덩이 파기)을 하고 싶어서 청년단 사람들에게 오두막집을 세워달라고 부탁했고, 마침내 명실상부 입산한 것이 12월 20일이었다.

그 전후로 며칠간 그야말로 함박눈이 내려 일하기 어려웠는데, 모든 잡념이나 더러움을 아래로 또 아래로 가라앉혀주듯이 공간을 채우며 눈이 내렸다. 우리는 눈을 고스란히 맞으며 짐을 지고 오가야 했다. 20일 저녁, 우리는 마지막 짐을 이고 산으로 들어갔다. 넉 달간 신세를 진 스즈키 씨 일가족이 마루에 서서 배웅해주었다.

산속 오두막에 도착해 보니 선발대인 K 씨가 난로를 지피고 기다리고 있었다. 오두막의 넓이는 가로 세 칸에 세로 두 칸. 입구 두 평이 봉당이며 부엌 겸 창고로 썼다. 안쪽 네 평에 바닥을 올려 멍석을 깐 곳이 마루. 마루 북쪽은 이 단짜리 침대였다. 봉당에서 마루로 올라가는 곳에는 불완전하나마 남한테 받아온 까맣게 그을린 하인방과 장지가 있었고, 이 하인방은 장작 보관소로도 쓰였다.

첫날 밤, 눈에 파묻힌 좁은 집을 빌려온 램프로 밝혔을 때의 감격은 이루 말할 수 없다.

이윽고 밤이 되어 달이 뜨자 바깥은 이 세상이 아닌 경치가 되었다. 오두막 아래쪽의 비스듬한 경사는 새하얗게 반짝였고 주변 나무들의 그림자는 새까맣고 고요했다.

"오, 멋있어. 다들 나와 봐요!" 도와주러 온 젊은이 두어 명이 밖에 나갈 때마다 안에 있는 사람들을 불렀다.

이후 일 년간 이 산을 오간 사람들이 참 많았다. 그때까지 친척 집에 맡겼던 K 씨의 외동딸 사짱도 엄마 곁으로 돌아와

촌의 소학교에 들어갔다. K 씨의 제자인 M 씨가 정식 동료로 들어왔다. 그리고 언니의 아들이 머물게 해달라고 오기도 했다. 7월에는 오두막 옆에 새로 집을 지어 그곳으로 이사했다. 그리고 두 번째 8월 15일을 맞이할 즈음 우리의 밭은 두 단보 반, 모내기한 논은 두 단보가 되었고 감자는 이백 관이나 수확했으며 산양은 두 마리가 되었다.

어쨌든 첫 이삼 년은 정신이 없어서 저 인원이 어떻게 먹고 살았는지 지금 생각해도 모르겠다. 그저 아침부터 밤까지 뭐든지 다 했다. 우리가 직접 했으니까 뭐 대단한 일 같은데, 실질적으로는 그냥 오물 수거인, 마부, 거기에 재봉사에 선생으로 일했다. 산에 수유가 열리면 사쩡이 사람들이 다니는 길거리로 가져가 보리로 바꿔왔다. 나도 호박을 팔러 가곤 했다. 근처 광산의 사택에 가면 집들이 다 비슷해서 같은 집에 두 번 간 적도 있다. 집 안에서 나온 아주머니가 조금 전에 나온 아주머니와 같아서 "실례했습니다" 하고 발걸음을 돌렸다.

그렇게 일하는 동안 우리를 도와주러 온 젊은이들은 조석간만처럼 늘어나기도 하고 줄어들기도 했는데, 중심인 우리만큼은 움직이지 않았다. 언덕 사이 분지가 볼 때마다 훌륭하게

달라지는 것을 이웃 주민들이 칭찬해주어서 그저 기뻤다. 그러나 아무리 일하고 노력해도 빚이 늘어나는 것이 불안했다.

지금 일본에서 농업만으로 '남들처럼' 먹고살기는 불가능하다는 사실을 깨달은 것은 어리석게도 3년 차쯤 됐을 무렵이었다.

우리는 매일 밤 생계를 어떻게 꾸리면 좋을지 의논했다. 토론의 결과는 '소'를 키우는 것이었다. 사실 전부터 현에서 빌린 소(와규)는 데리고 있었다. 그러나 이번에 생각이 미친 것은 우유를 생산하는 소였다. 개척자 조합이나 농사 연구회에 참가해 덴마크 농업 설명을 들은 후부터 K 씨는 젖소에 열의를 불태웠다. 나도 결국 젖소 말고는 방법이 없다고 생각했다.

우리는 곧바로 와규와 마차를 팔았다. 그리고 얼마 전에 돌아가신 요시다 기네타로(번역가이자 아동문학가—옮긴이) 선생에게 부탁해 《논짱》의 인세를 담보로 고분샤光文社의 간키 씨에게 돈을 빌렸다. K 씨는 그렇게 모든 돈 칠만 엔을 허리에 동여매고 어느 날 아침, 이렇다 할 방도도 없으면서 소를 찾는 여정을 떠났다. 그 해 K 씨는 모내기를 하다가 종아리에 거머리가 붙는 바람에 열네 개나 구멍이 뚫리는 상처를 입었다. 그

구멍 위를 각반으로 고정하고 군화를 신고서 "그럼 다녀올게" 하고 외출하는 뒷모습을 나는 불안한 마음으로 배웅했다.

나중에 들은 이야기에 따르면, 그날 여정의 이모저모는 다음과 같다.

K 씨는 소를 잘 아는 우구이스자와 소학교의 N 선생에게 간나리촌의 O 씨라는 마도위를 찾아가면 뭔가 알려줄 것이라는 귀띔을 들었다. 그래서 사와베라는 곳까지 경편 철도를 타고 가서 시골길을 한참 걸었는데, 아이들이 얼굴에 수건을 두른 K 씨를 보고 "남자야, 여자야?" 하고 물었다. "여자란다"라고 대답하고 K 씨는 서둘러 길을 걸었다.

그렇게 본업은 통장수인 O 씨를 찾아가 말을 걸었으나 그는 무뚝뚝하니 영 교섭에 응하지 않았다. 그래도 붙들고 늘어지자 O 씨는 결국 "여자하고는 거래 안 할 거요"라고 대꾸했다. 여자를 상대로 장사를 했다가 나중에 불만이 나오지 않은 적이 없다는 것이다.

K 씨는 "나를 남자라고 생각하고 하면 되겠네요"라고 말했다.

그러자 한풀 꺾였는지 O 씨는 갑자기 사근사근해져서 사와

베촌의 어느 집에 젖소가 있는데 팔지 안 팔지는 모르겠지만 가보면 어떻겠냐고 알려주었다.

그래서 방금 온 길을 터벅터벅 걸어 옆 마을로 다시 돌아갔더니 O 씨가 말한 곳처럼 보이는 집이 있었고 둑에 하얀 소가 묶여 있었다. 그때는 초보여서 좋은 소인지 아닌지 몰랐는데 어쨌든 산처럼 큼지막해서 지켜보고 있으려니 군침이 흘렀다. K 씨가 멀리 서서 계속 바라보고 있자 집에서 사람이 나와 "이 소는 안 팔아요!" 하고 외치고 들어갔다.

그때가 벌써 저녁 무렵이었지만 K 씨는 떠나지 못하고 계속 서 있었다. 그러자 이번에는 집에서 젊은 사람이 나오더니 가의자에 앉아 젖을 짜기 시작했다. 한 되 오 홉쯤 나온 것 같았다. 젖을 다 짤 때까지 계속 서 있었더니 그가 이쪽을 보지도 않고 "들어오시죠"라고 말을 걸었다.

K 씨는 기뻐서 얼른 집으로 들어가 차를 마시며 자신이 얼마나 젖소를 원하는지 열의를 담아 설명했다. 그러자 그 집 아버지가 아들을 불러 둘이 같이 자리를 떴다. 잠시 후 돌아오더니 "저놈을 팔겠소! 부디 예뻐해 주십시오"라고 말한 것이었다.

마침 다음 날부터 어머니가 병으로 입원하게 되어서 그 집도 돈이 필요했다고 한다.

"당신, 지금 돈이 있소?" 상대방이 물었다.

"갖고 있어요!" K 씨는 허리에 맨 보따리를 두드려 보여주었다.

소는 딱 칠만 엔이었다.

이틀을 사이에 두고 출발부터 나흘째가 되는 저녁, 에르시―나는 소에게 미국 잡지에서 읽은 '잡종이지만 선량한' 소의 이름을 붙였다―가 땅을 울리며 산길을 올라와 우리 집 앞에 그 작은 산 같은 하얀 몸을 드러냈다.

이후 '잡종이지만 선량한' 에르시는 정말 열심히 일해주었다. 새끼도 다 암컷을 낳았고, 우리 곁에 와서 두 번째로 출산했을 때는 하루에 한 말 넉 되나 되는, 잡종이라고는 믿어지지 않는 양의 우유를 생산했다.

그러나 참 이상했다. 에르시가 일을 해줘도 우리 집의 문제는 여전히 해결되지 않았다. 발버둥 치면 칠수록 농사를 지어서는 먹고살지 못하는 것이 확실해졌다. 일본 정부는 낙농을 장려하면서 소를 먹일 사료를 싸게 제공해주지 않았다. 목초밭에 쓸 비료도 비쌌다. 그리고 올해는 낙농을 장려한다 싶으면 이듬해에는 거들떠보지도 않는다. 빚을 내 소를 키운 농가도 키우지 못하고 팔아버리는 상황이었다.

그리하여 나는 우리의 빚을 해결하기 위해 도쿄로 나가서 일하기로 했다. 도쿄에 온 후로도 산에서는 비보가 끊이지 않았다.

왈, "우유를 개인 판매했다가 보건소에 붙잡혔어."

왈, "우유 가게에 내놓고 팔았는데 대금을 치러주질 않아."

그리하여 우리는 농가끼리 손을 잡아 단결하는 마지막 단계에 이르렀다.

그 이후로 나는 도쿄에 머물 때가 많아 우구이스자와 낙농 조합을 세운 마을 사람들이나 K 씨의 고생담에 대해서는 할 수 있는 말이 별로 없다. 겸손하려고 말하지 않는 것이 아니라, 혼자 해나가기도 힘들지만 공동 작업 역시 만만치 않은 농촌 사업의 어려움을 함부로 왈가왈부할 만큼 자세히 알지 못하기 때문이다.

그래도 당시 열 마리 내외로 시작했던 소가 지금은 이백 마리 가깝게 늘었다. 우리는 우리의 공장도 소유했다. 경영도 흑자가 되었다. 도쿄에서 책상에만 앉아 있는 것이 허무해서 나

는 때때로 '산'으로 돌아가 동네 아이들과 이야기하며 마음을
달랜다.

촌에서 자라는
아이

미코짱

미코의 아버지가 얼마 전에 돌아가셨다. 중학교 이 학년인 남자애를 시작으로 다섯 아이를 키워야 하는 어머니와 연로한 할아버지, 할머니를 남기고.

지금까지 아버지가 광산에서 일하며 혼자 가족을 부양했다. 그 아버지가 세상을 떠났다.

어찌할 바를 모른 어른들은 큰 농가의 머슴으로 보낸 막내아들, 즉 미코의 젊은 삼촌을 불러 광산의 트럭에 짐을 싣는 일자리에 취직을 시켰다. 그리고 미코의 어머니가 일용직으로 나가 일했다. 이것이 그들이 세운 생계 수단이었다.

미코는 초등학교 오 학년으로 장녀였다. 그래서 어른들의 모습을 보고 가만히 있을 수 없었다. 손바닥만 한 밭에서 수확한 채소를 어머니가 아침 일찍 옆 읍내의 채소 가게로 가져가곤 했는데, 가끔은 미코가 억지를 부려 직접 가지고 갔다.

처음으로 미코가 간 날 아침, 채소 가게 주인은 어머니가 가지고 오면 한 다발에 팔 엔에 사는 파를 미코가 가지고 왔다는 이유로 한 다발에 사 엔에 샀다. 그 대신이라면 좀 그렇지만 눈깔사탕을 종이에 싸 주었다.

"얼마 받았니?" 미코가 돌아오자 어머니가 곧바로 물었다. 미코가 돈을 건네자 어머니의 얼굴이 흐려졌지만 굳이 말을 보태진 않았다. 미코는 받아온 눈깔사탕을 아무도 없는 곳에서 어머니의 손에 밀어 넣었다.

"엄마, 이거 먹어."

"네가 먹어야지." 어머니는 놀라서 말했다.

"나는 하나도 먹고 싶지 않아. 그러니까 엄마가 먹어."

어머니가 눈깔사탕을 아무에게도 주지 않고 품에 넣는 것을 보고 미코는 안심했다.

미코의 어머니는 내가 친구와 함께 일군 산속 목장에 종종 일하러 온다. 그래서 미코도 학교가 끝나면 다섯 살 먹은 여동생을 돌보며 어머니를 보러 자주 온다. 다섯 살 먹은 여동생은 아버지가 돌아가신 줄도 모르고 그저 천진난만하다. 예를 들어 내 친구에게 이런 질문을 한다.

"맥아더, 왜 깐나니 안 해?"(아기는 안 낳아?)

맥아더란 내 친구의 별명이다. 패전 후, 마을에 와서 위세 좋게 일하는 모습을 보고 마을 사람들이 그렇게 부르기 시작했다.(단, 이 맥아더는 여자이고 혼자 살지만.)

미코는 얼굴을 두 사람 몫만큼 붉히고 여동생을 혼냈다.

"무슨 소리야, 애가! 남사스럽게스리!"(부끄럽게!)

그러나 다섯 살 먹은 여자애는 궁금할 뿐이다. 어느 집이나 어른 여자는 계속해서 '깐나니'를 낳는데 왜 이 '맥아더'는 낳지 않을까. 그래서 눈을 동그랗게 뜨고 대답을 기다린다. 미코는 황급히 동생을 안고 산을 뒤로했다.

요시노리 군

　요전에 오기쿠보의 우리 집에 어디서 본 적 있는 청년이 와서 잘 뜯어 봤더니 산에서 옆집에 살던 Y 씨의 막내아들 요시노리여서 깜짝 놀랐다. 현관이라고 부를 수 없는 우리 집 입구 마루방에 서서 손을 가지런하게 모으고 공손히 인사했다. 오년 전, 내가 도쿄로 나올 때는 아직 아이여서 학교에 가는 김에 우유 배달을 도와주곤 했는데 아주 말쑥한 청년이 되었다. 뭘 하며 지내는지 묻자, 도쿄의 상업 지구에서 이발소를 하는 아저씨 집에서 수업을 받고 있다고 했다.

　그 말을 듣고 나도 막 전쟁이 끝났을 무렵, 촌락의 고마가타네 신사 경내의 시원한 응달에 평상을 내고 날을 정해 개업하는 그 아저씨에게 머리를 해달라고 부탁했던 것을 떠올렸다. 그 아저씨는 전쟁 전에 도쿄에서 오랫동안 이발소를 했는데, 고향으로 소개疏開되어 그 마을에 머물렀다. 스승이었던 사람이 세상을 떠나고 그 미망인과 결혼해서 내가 처음에 자당인 줄 착각한 부인이 있고, 그 부인의 손주쯤으로 보이는 너덧 살 먹은 딸이 있었다. 도호쿠 촌마을에서 몇 년이나 살았는데도 바뀌지 않는 부인의 부드러운 도쿄의 말투를 들으면 나는 왠지 딱해서 망향의 그리움을 느끼곤 했다.

그 아저씨가 도쿄로 돌아와 다시 이발소를 시작했고, 여덟 형제 중 막내인 요시노리를 부른 것이다. 요시노리의 사근사근한 태도나 완전히 도쿄 말을 쓰는 모습을 보니 혹독한 훈련을 받겠거니 싶었다. 그러나 요시노리는 만족스러운 모양인지 지금쯤 논밭을 기어 다니며 일할 형제들이 있는 곳으로 돌아갈 마음은 전혀 없나 보다.

"친구 중에 또 도쿄에 온 애가 있니?" 물었더니, "도시미치도 도쿄에 있어요"라고 해서 놀랐다. 도시미치는 요시노리의 바로 옆집에 사는 차남으로, 나이도 요시노리와 동갑이다. 조금 숫기가 없어서 타지인인 우리 집에는 놀러 오지 않았다. 그 아이의 집 근처를 지나다가 도시미치가 혼자서 못자리를 만드는 모습을 보고 감탄한 적이 있다. 이후 어머니가 돌아가시고 젊은 형이 집을 물려받았는데, 형이 설득해서 센다이에 가서 고학했다고 들었다.

도쿄에 온 도시미치가 지금 무엇을 하고 지내는지 요시노리에게 묻자, '아르바이트'로 신문 배달을 하며 야학에 다니고 있다는 것이다. "신문 배달로 생계도 꾸리고 야학에도 갈 수 있어?" 내가 놀라서 묻자, 요시노리는 "네, 만 엔 이상 받을 때도 있다던데요"라고 차분하게 대답했다.

설명을 들어보니 도시미치는 신문 배달도 하지만 주 수입은 신규 구독자 모집으로 얻는다고 했다. 아무리 거절하고 또 거절해도 여전히 우리 집에 찾아오는 "부인, ×× 신문을 봐주세요. 한 달 만이라도 제발요" 하는 그것이다. 나는 왠지 오싹했다. 겨우 이삼일 전에 나는 아주 쌀쌀맞게 그 '아르바이트'하는 사람을 거절한 참이었다.

속죄할 셈은 아니지만, 다음에 꼭 도시미치를 데리고 놀러 오라고 했다. 요시노리도 조만간 오겠다고 했는데, 이후 오지 않았다. '놀러' 오지 못할 만큼 바쁜가 보다.

생각해보면 어느 아이나 '빈곤'의 그림자가 드리우지 않은 아이가 없었는데, 그래도 떠올릴 때 우울함이 동반되는 아이가 하나도 없는 것은 그들이 온 힘을 다해 살았기 때문이 아닐까?

산의
크리스마스

패전 후, 도호쿠의 설산에 둘러싸인 단층집에서 지낸 크리스마스를 잊지 못한다.

그곳은 12월이 되면 언덕이 매일 밤 엷게 화장이라도 하듯이 가루눈을 뒤집어쓰기 시작하고, 십 일경이면 함박눈이 우르르 쏟아져 그대로 묵은눈이 되어 봄까지 녹지 않는 그런 날씨다. 그래서 12월이 되면 연료 저장, 가축 먹이 준비 등으로 우리는 마지막 남은 힘까지 짜내 일한다. 그러다가 어느 날 아침 눈을 떠 보면 사방팔방이 은빛 세계, 몰아치는 눈으로 주변 언덕 너머가 제대로 보이지 않을 때가 많다. 우리는 눈을 깜박이며 "졌어! 올해도 또 졌어!" 하고 눈을 맞으며 소리를 지른다.

그리고 포기와 안심 비슷한 감정을 느끼며 칩거에 들어가는데, 음력설은 아직 멀었으니 자연발생적으로 크리스마스가 화제에 오른다.

소나무는 사방에 있으므로 크리스마스트리를 사러 갈 필요가 없다. 걸리적거리는 가지를 하나 가지고 오면 된다. 아쉽지만 눈은 밖에서 털고 집 안으로 가지고 들어와 인조 솜을 씌운다. 여자애가 나무를 장식한다. 나도 원래 개 목걸이에 달렸던 방울을 나무에 달았다. 만찬은 물론 전부 직접 만든다. 일을 일찍 마치고 목욕한다. 목욕통 안으로 눈이 날아드는 욕실이었지만, 그 안에서 내다보면 눈에 파묻힌 집의 창문만 밝아서 다른 집에서 빌려온 오르간으로 연주하는 '고요한 밤 거룩한 밤'이 마치 저 집 전체가 부르는 것처럼 들렸다. 집 이외에는 하늘도 땅도 새하얗다.

가난한 살림이지만 이것만으로도 크리스마스 준비로는 완벽해 보였다.

저녁을 먹으면 선물을 교환한다. 그때의 왁자지껄함은 감히

다 쓰지 못한다. 모두 직접 만든 것이어서 짚 수공품이나 주 걱이나 반쪽짜리 장갑 따위가 오간다. 마법에 걸린 것처럼 모두 '마침 필요하던 것'을 받았다. 어떻게 그런 일이 벌어지는가 하면, 며칠 전부터 모두 상대를 기쁘게 할 선물을 마련하려고 머리를 굴리고 혼자 키득키득 웃으며 일에 열중해왔기 때문이다. '줄 수 있는 자가 행복해진다'는 말처럼 마음이 충족되어 온 집안에서 생글생글 미소가 끊이지 않고 와하하 깔깔깔 웃는다. 그리고 노래한다.

내년에도 꼭, 반드시! 굳게 약속하고 그날을 마무리하지만 분주한 세상사를 반영하듯 다음 일 년 사이 그날 밤에 함께한 사람들은 뿔뿔이 흩어졌고, 지금은 가족처럼 지냈던 그들을 멀리서 떠올릴 뿐이다.

떡

신문에서 '내일의 책력'을 보다가 음력설인 것을 알았다. 나는 어려서부터 가키모찌(찰떡을 얇게 썰어 말려서 마른 과자처럼 먹는 것-옮긴이) 이외의 떡은 싫어했다. 그래서 매일 아침 떡국을 먹어야 하는 설날부터 엿새까지가 얼마나 괴로웠는지 모른다.

패전 후에 농촌 생활을 하면서 떡 맛을 알았다. 떡을 갓 쳐서 팥고물을 묻힌 찰떡, 낫토 떡, 녹차로 끓인 떡국 등 세 단계로 나누어 먹는 것이 얼마나 경사스러운지, 또 무엇을 묻히는 지에 따라 맛이 전혀 달라지는 것이 재미있어서 완전히 떡보 가 되었다.

지인들은 눈 덮인 그곳에서 오늘도 떡을 먹고 있겠지.

평범한 요릿집

도쿄 간다의 책방에서 친구와 일을 마무리하고 나왔더니 시간이 어중간했다. 친구는 이웃 현에 살아서 집까지 가면 저 녁을 먹을 시간이 지난다. 뭔가 먹자고 하고 조금 걷다가 놀 랐다.

친구의 몸 상태를 고려해 기름진 것이나 자극적인 것을 피 하기로 하고 가게를 찾았는데, '레스토랑'은 정말 많았고 찻집 은 그보다 많았고 중국 요릿집은 더 많았다. 그러나 메밀국수 보다는 배가 부르고 간단하게 – 술을 한잔 곁들이지 않고 – 일 본의 반찬과 밥을 먹을 수 있는 곳이 드물었다.

일본에서 '요릿집'이 단순히 밥을 먹는 곳이 아니게 되어 참 묘했다.

깨소금 무침

언젠가 남자 친구가 놀러 왔을 때 시금치 깨소금 무침을 내
줬더니 아주 맛있어하며 "집에서는 이런 걸 안 만들어준다니
까" 하고 한탄했다.

그 친구의 부인은 나와 달리 전업주부여서 요리를 잘하는
사람이니 아마도 고급스러운 서양요리만 만들겠구나 싶어 재
미있었다.

깨소금 무침이라고 하면 손이 많이 갈 것 같은데 요즘은 볶
은 참깨도 팔거니와 새 모이를 가는 용도인 절구를 쓰면 그대
로 식탁 위에 올려도 된다.

정말 이삼 분도 걸리지 않는 요리라고 할 수 없는 요리여서
절구를 쓸 때마다 새한테 감사한다.

오렌지의 향

며칠 전에 미국에 사는 친구가 오렌지를 보내주었다. 배를
타고 와서 상한 것도 있었는데 괜찮은 것만 골라도 상자를 가
득 채워서 나는 "와!" 하고 기쁨의 탄성을 질렀다.

당장 그날 밤에 동거인까지 셋이서 하나씩 까서 먹었다. 껍

질을 벗기자마자 이루 형용할 수 없는 향기가 온 집안을 – 말 그대로 일 층부터 이 층까지 가득 – 채웠다. 이번에도 셋이서 "와!" 하고 외쳤다.

이틀, 사흘 지나자 오렌지에서 향이 안 나는 것인지 아니면 우리 코가 마비되었는지 아무 냄새도 맡아지지 않아 신기한 노릇이었다.

샌드위치

나는 귀찮은 것은 딱 질색이어서 혼자 집에 있으면 손이 많이 가는 요리를 해 먹을 생각이 들지 않는다. 밥 대신에 빵도 괜찮아서 – 오히려 빵이 더 좋다 – 냉장고 안에 보존성 좋은 고기나 채소를 넣어두고 샐러드나 샌드위치를 만든다.

바나나와 땅콩, 건포도를 잘게 썰어 섞은 속을 넣은 샌드위치를 좋아하고 채 썬 오이와 잘게 썬 삶은 달걀을 마요네즈로 버무린 속을 넣은 샌드위치도 좋아한다. 여기에 홍차를 더하면 내게는 진수성찬이다. 아마 혼자 살면 일주일의 절반은 샌드위치 종류를 바꿔가며 먹을 테지.

농가의 절임

추운 지방의 절임은 맛있다. 십몇 년쯤 전에 봄부터 초여름까지 아키타에 머무른 적이 있다. 그때 농가 아주머니들이 먹여준 절임의 맛을 잊지 못한다.

그중에서도 오이 속에 차조기 잎을 넣어서 된장에 절인 것은 자른 횡단면이 아름다운 꽃 모양이었고, 칼집을 넣어 절인 당근은 자르면 벚꽃 모양이 되었다. 농가 아주머니들이 이렇게 아름다운 절임을 만들다니, 맛은 물론이고 아름다운 모양에도 감탄했다.

요 이삼 년간 나는 추운 지방의 노자와나 절임(나가노 지방의 유명한 채소로 만든 절임. 열무를 간장에 절인 듯한 맛이다. —옮긴이)을 배송받아서 먹는데, 날이 따뜻해졌으니 슬슬 황갈색이 도는 이파리를 잘게 썰어 향기로운 볶음 요리라도 만들어야겠다.

우치무라사키

친구 집에 갔더니 '우치무라사키'라는 이름을 아는지 물었다.

친구의 말을 들어보니, 약 육십 년 전에 일본에서 태어나고 자라 귀국한 미국인 부인이 몇십 년 만에 일본을 방문했는데,

요즘 도쿄에서는 맛있는 '우치무라사키'를 먹을 수 없어서 아쉽다고 말했다고 한다.

'우치무라사키'가 자몽의 일본식 이름인 것을 알고 나는 "아!" 하고 외쳤다. 어려서 배를 타던 숙부가 종종 가지고 온 그 맛있는 과일이다. 귤의 열 배 가까이 큰 크기, 얇은 껍질을 벗기면 분홍색으로도 또 연보라색으로도 보이는 물기 가득한 속살이 드러나는 그 자몽에 어쩜 그리 잘 어울리는 아름다운 이름일까.(우치는 '안', 무라사키는 '보라색'으로 안이 보라색이라는 의미다.-옮긴이)

요리학교에서 배운 요리

지금 우리 집에 사는 사람은 총 세 명이다. 하나는 학생이어서 아침에 집에서 나가 저녁에 돌아온다. 또 다른 한 사람(식모)은 그와 엇갈려 야학에 다닌다. 중간인 나는 출입이 항상 일정하지는 않은데, 종종 학생과 비슷한 저녁쯤에 귀가해 같이 조리대 앞에 선다.

조리대에 식모가 준비한 반찬 재료가 있을 때도 있고, 처음 보는 완성품이 있을 때도 있다. 그럴 때 우리는 "이게 뭐지?

어떻게 먹는 걸까?" 하고 고민한다.

사실 이 식모는 일 년간 요리학교에 다녔다. 요리학교에서는 왜 조림 요리 등을 철저하게 가르치지 않는 걸까? 복잡한 완성품을 볼 때마다 생각한다.

참새 설거지

도쿄는 화창한 날이면 제법 포근해서 봄이 왔음을 느낀다. 이 시기에 나는 아침 일찍 눈이 떠진다. 창 바로 아래 지붕에서 참새가 시끄럽게 총총 발소리를 내며 뛰어다니기 때문이다. 그렇게 돌아다니며 참새들은 봄이 아니면 내지 않는 요염한 소리로 운다.

참새들은 내가 덧문을 열기를 기다린다. 요 몇 년 사이, 덧문을 열고서 전날 솥이나 찜통을 씻다가 나온 밥풀떼기를 모아두었다가 마당에 뿌리는 습관이 들었다. 참새들은 후드득 날아와 개는 신경도 안 쓰고 아침을 먹는다.

예전에 어머니도 식기에 붙은 밥풀떼기를 정성껏 모으면서 '설거지'를 한다고 말씀하셨던 것이 생각난다.

술 일 학년생

술을 못 마시는 체질이 있을까? 우리 집에서는 몇 대 전부터 손님이 아닌 이상 밥상에 술을 올리지 않았다고 한다. 그랬던 덕분에 나는 어른이 될 때까지 집안사람이 술에 취해 큰소리를 내는 모습을 본 적이 없다.

그래서 열일고여덟 살 때 어떤 사람이 술에 취해 집에 들어와서 떡하니 앉았을 때 얼마나 무서웠는지 모른다.

그러나 지금도 여전히 술을 즐기지 못해 가끔 아쉽기도 하다. 특히 정신적으로 지쳐서 잠이 안 올 때 그렇다.

이렇게 술회했더니 어떤 사람이 매실주를 한 병 주었다. 늦은 나이에 술 일 학년생이 되는가 싶어 웃었다.

메이플 슈거

캐나다에 사는 지인이 과자를 보내주었는데 그 안에 메이플 슈거(단풍나무에서 나는 설탕)가 들어 있었다.

전쟁 발발 전에 맛본 기억이 있는 풍미 넘치는 단맛이 떠올라 반가웠다. 동시에 학창 시절에 읽은 내셔널 리더라는 영어 교과서에 메이플 슈거를 만드는 흥미진진한 실황 기록이 실려 있던 것이 떠올랐다.

사전을 찾아보니 단풍나무 안에 달콤한 수액이 흘러 겉에 상처를 내 채집할 수 있는 시기는 2월 중순부터 4월 중순까지였다. 그렇다면 마침 요맘때가 뉴잉글랜드나 캐나다 삼림 지대에서 고풍스러운 설탕 제조가 한창일 시기다.

장사꾼의 목소리

조용하고 어두운 밤, 집 바로 옆길에서 갑자기 커다란 외침이 들려 깜짝 놀랄 때가 있다. 그러다가 군고구마 장사꾼의 호객 소리임을 알고 놀라움이 그리움으로 바뀐다.

전쟁 중 베이징에 머물던 때, 타원형의 소형 단상 같은 것을 어깨에 메고 파란 하늘에까지 들릴 정도로 "유우! 유우!" 하고 외치며 돌아다니는 사람을 보고 친구에게 뭘 파는지 물었다. 유우는 '생선'이었다.

요즘 마이크를 통해 기계적으로 만들어 내는 소리와 달리 그 생선 장사꾼의 목소리나 군고구마 장사꾼의 목소리에는 미각을 자극하는 인간미가 있어 훌륭하다. 그러나 최근 들어 그런 소리를 자주 듣지 못한다.

조개잡이 계절

텔레비전을 보는데 휴일에 갯벌에 가서 조개를 잡는 아이들이 나왔다. 춥다, 춥다 중얼거리는 사이에 시간은 무심히 흘러 벌써 갯벌 조개잡이를 할 계절이 되었다.

조개라고 하면, 어려서 할아버지가 구워주신 대합 이상으로 맛있는 조개를 먹어본 적이 없다.

내가 태어난 우라와에는 봄이 되면 도쿄에서 갓 잡은 생선이나 조개를 등에 지고 팔러 오는 사람이 있었다. 할아버지는 그 사람에게 산 대합을 껍질째 화덕 불에 올려 입을 빠끔 열면 집게로 집어 작은 접시에 담아 주었다.

어린 마음에도 바다에서 가져온 염분까지 그대로 구워진 대합이 입에서 살살 녹는다고 생각하며 먹었다. 느긋한 시절의 추억이다.

히나 마쓰리

히나 마쓰리가 다가온다. 동네 아이들이 책을 읽으러 오는 우리 집의 작은 도서실에도 히나 인형을 장식했다. 아이들은 와서 먼저 히나 인형을 구경하고 그 아래에 장식한 소형 다구나 포개 넣는 상자 따위를 만지작거리며 논다.

　그러다가 3월 3일 전후가 되면 장난감 옆에 아라레(유과 같은 뻥튀기 과자－옮긴이)나 긴카토(설탕을 녹여 여러 모양의 틀에 넣어 굳히고 색을 입힌 과자－옮긴이)를 매년 진열한다.

　내가 좋아하는 아라레는 정월에 먹는 떡의 가장자리를 잘게 썰어 말리고 갈아 간장으로 맛을 낸 것인데, 요즘은 그런 것을 팔지 않는다.

　시간이 흐르면 히나 인형과 장난감은 다시 상자 안으로 들어가고 긴카토나 아라레는 아이들 뱃속으로 들어가면서 명절이 끝난다.

나의 정직한 손

팔십 년이나 전에 있었던 일이다. 여학교에 입학해 보니, 다른 초등학교는 물론이고 다른 읍, 심지어 다른 현에서 온 학생들이 와서 '친구'의 범위가 확 늘었다. 어른이 된 기분이었던 나는 바로 뒤에 앉은 T라는 영리해 보이는 소녀와 친해졌다.

어느 날, 나는 뒤를 돌아보고 T에게 말을 걸었다. 나는 한쪽 손을 T의 책상에 올렸다. 그러자 T가 이런 소리를 했다.

"너는 몸 중에서 손이 가장 안 예쁘다."

"그러게." 나는 대답했다. 처음으로 내 손을 객관적으로 본 순간이었다. 내 손가락은 짤막하고 손톱도 폭이 넓었다. 훗날 그때를 생각할 때마다 고작 열두 살 먹은 소녀 둘 중 하나가 상대에게 상처를 주려는 의도도 아닌데 그런 소리를 하고, 듣는 쪽도 차분하게 그 사실을 인정한 것에 놀라곤 한다.

지금 내 손에는 주름과 기미가 가득하다. 그래도 열심히 일한 정직한 손이다.

비파와 감복숭아,
감의 계절이 오면

  이 년 전쯤 몸이 안 좋아져서 의사에게 검진을 받았는데, 내 피 안에는 콜레스테롤이 일반적인 사람의 두 배나 있다는 사실을 알았다. 그때 처음으로 콜레스테롤의 존재를 알고 이것저것 물어봤는데, 동물성 지방 알갱이 같은 것으로 피 안에 너무 많으면 피가 걸쭉해져서 혈관 내측에 들러붙어 동맥경화를 일으킨다고 했다. 동맥경화 자체는 나이가 있으니 어쩔 수 없지만 아무튼 콜레스테롤 수치가 너무 높았다. 동물성 지방이 강한 식품을 먹지 말라는 주의를 받았다.

그래서 이후 버터나 돼지고기를 마가린과 가벼운 생선으로 바꿨더니 금방 살이 빠지기 시작했다. 신기하게도 콜레스테롤 수치는 여전히 낮아지지 않았는데 그때까지 시달렸던 묘한 현기증이 사라졌다.

의사가 혈압도 높지 않은 것으로 보아 선천적인 체질일지도 모르니 너무 걱정하지 않아도 된다고 한 것을 핑계 삼아 태평하게 살고 있다. 그런데 내가 생각해도 이상한 것이, 나는 고기를 좋아한다고 굳게 믿었는데 – 삼겹살 따위를 아주 좋아한다고 생각했는데 – 고기를 전혀 먹지 않아도 아무렇지 않다는 점이었다.

원래 내 혀는 가공된 식품에 그다지 까다롭지 않은 편일지도 모른다. 잡지에서 종종 보이는 '고기라면 어디의 어떤 요리', '양과자라면 어느 가게'가 아니면 절대 먹지 않는다는 기사가 내게는 부러운 결벽증처럼 보인다. 이런 무덤덤함은 농가의 딸이었던 어머니 밑에서 자랐고, 커서는 다행인지 불행인지 시집을 가지 않아 잔소리를 해대는 남편도 없어서 타고난 감각을 훈련하거나 변형할 기회가 없었기 때문이라고 생각한다.

기름진 것을 먹지 못하게 된 후로 지금까지 먹어본 것 중에 진미라고 할 만한 무언가를 경험했는지 회상했는데, 대부분 산뜻한 것이어서 놀랐다.

먼저 다섯 살쯤에 먹은 청대 완두 된장국이다. 밭에서 갓 따온 콩을 끓인 것이라 입에서 툭 뭉개질 때면 온몸이 저릿해질 정도로 감칠맛을 느꼈다. 그때 감각이 어쩌나 선명했는지, 된장국이 끓기 전에 우리 남매가 '마아짱'이라고 부르던 할아버지와 함께 바구니를 들고 가까운 밭에 청대 완두를 따러 가는 광경까지 선물처럼 함께 떠오를 정도다. 그때 이후로 청대 완두 된장국을 더없이 좋아하는데, 요즘은 그렇게 맛있는 청대 완두와 만나질 못한다.

두 번째 기억은 꼬투리째 먹는 강낭콩이다. (콩류 채소만 나와서 좀 이상하지만.) 내가 태어난 우라와시에서는 7월 1일이 덴노사마 축제여서 이때 신을 모신 가마가 나온다. 어머니는 그날이면 우동을 삶아 얼음으로 식히고 으깬 깨와 강낭콩을 넣은 국물에 적셔 먹는 음식을 했다. 학교에서 돌아오면 봉당이 넓은 어두컴컴한 부엌 구석의 찬장 위에 우리가 도우시라고 불렀던 넓고 얕은 바구니에 삶은 강낭콩이 수북하게 쌓여 있다.

몇 살 때였을까, 학교에서 돌아오자마자 강낭콩을 마치 우동 다발처럼 양손으로 붙잡고 정신없이 먹어치운 기억이 있다. 얼마나 맛있었는지 먹지 않고는 못 배겼다.

이처럼 가공이 적은 음식에 만족도를 느끼는 것은 평소 손이 많이 가지 않는 것을 먹으며 살았기 때문일 것이다. 실제로 우리 집은 동네의 구석진 곳에 있었고 주변에는 밭이 많아서 나는 어느 정도 나이를 먹을 때까지 채소는 물론이고 과일도 귤 이외에는 돈을 주고 사 먹은 적이 없다.

초여름에는 딸기가 열렸다. 우라와에는 농사 시험장이라는 곳이 있어서 메이지 시대(1868년 1월 3일 서구식 근대화를 목표로 왕정복고를 이룩한 메이지 유신 이후 메이지 일왕이 통치하던 1912년 7월 30일까지를 말한다. - 옮긴이) 때 외국의 고급스러운 것을 가져와 마을 사람에게도 나눠주었다고 한다. 우리 집에 자라는 딸기도 그 자손일지 모른다.

딸기 철이 지나면 살구, 비파가 뒤를 이었다. 염주처럼 줄을 잇는다는 말이 있는데, 그 당시 우리 집 살구처럼 서로 아등바등 밀치며 가지에 줄지어 열린 살구를 본 적이 없다. 그도 그럴 것이 살구나무가 화장실 바로 옆에 있었다.

비파의 계절은 덴노사마의 우동과 일치했다. 비파나무는 담 너머, 밭에 있었는데 바로 아래가 쓰레기장이어서 역시 비료 가 부족하지 않아 한창때는 과실로 나무가 샛노래질 정도였 다. 비파나무는 가지가 수평으로 잔뜩 자라 나무에 오르기가 수월하다는 것을 우리 남매는 경험으로 알았다. 그 과실을 따 면 지인에게 나눠주었는데, 때때로 먼 곳에 있는 남자사범학 교나 중학교 기숙사에서 야음을 틈나 서리 원정을 오기도 한 다고 언니들이 말해주었다.

비파가 끝나면 몇 그루나 되는 감복숭아가 기다리고 있다. 감복숭아에는 바깥이 적자색으로 익는 것과 바깥은 청백색인 데 안은 새빨간 것이 있다. 감복숭아를 먹을 철이면 도쿄에서 여름방학을 맞은 사촌들이 놀러와 우리는 매미를 잡느라 바 쁘다. 나는 감복숭아 나무를 유독 좋아했는데, 과실을 맺어 배 를 채워주기 때문만은 아니고 나무가 하얘서 아래에 숨어 있 으면 반드시 매미를 잡을 수 있었기 때문이다.

여름방학에는 과일 이외에 옥수수도 나므로 도쿄에서 온 아 이들 사이에서는 누구 것이 더 크고 작은지가 늘 싸움의 원인 이 되었다.

가을은 우리 집 과실나무의 왕, 감의 계절이다. 어머니와 오빠는 감을 제일 좋아했다. 감이 노랗게 물들기 시작하면 어머니는 이웃 주민들을 조심했다. 아이도 많고 자신도 감을 좋아하니까 주변에 흔쾌히 나눠줄 수 없는데, 이웃 사람들이 탐스럽게 익어가는 모습을 보면 탐을 낼지도 모른다고 생각했나 보다. 어느 해는 오빠가 버마(미얀마)에 가서 가을이 끝날 무렵에 돌아온다고 해서 어머니는 작은 감나무 한 그루를 손도 대지 않고 그냥 두었고 우리에게도 그 뜻을 전했다. 그런데 당시 이웃에 염치없는 사람이 살아서 툭하면 찾아와서는 수다를 떨며 감을 뚝뚝 따먹고 가버렸다. 대화가 목적이 아니라 감을 먹으러 오는 모양이었다. 어느 날, 마침내 참을성이 바닥난 어머니는 오빠를 위해 남겨두기로 한 감나무에 커다란 보자기를 씌우기로 결심했다. 그런데 보자기가 아무리 커도 감나무를 다 덮을 수는 없다. 진지한 표정으로 애쓰는 어머니를 보고 우리는 웃었다.

　갓 딴 과일과 채소를 먹으며 자란 결과, 나는 지금도 예전에 우리 집에서 먹던 과일을 살 때면 망설인다. 특히 비파는, 얇은 종이에 싸여 썩둑썩둑 잘린 요즘 비파와 껍질을 벗기자마자 과즙이 흘러내려 고생이었던 옛날 것과는 전혀 별개의 것으로 느껴진다.

얼마 전에 언니가 현재로서는 고칠 방도가 없는 병에 걸려 죽었다. 죽기 얼마 전, 아주 잠깐이라도 괴로움을 잊게 할 방법이 없을지 고민하다가 멜론을 보냈다. 아무것도 위장으로 넘기지 못했던 언니가 멜론을 한입 먹고 "천국에 간 것 같아"라고 말했다는 얘기를 들었을 때, 나는 그것이 어렸던 우리가 무아지경으로 맛본 천국의 한때였을지도 모른다고 생각했다.

혼자 있을 줄
아는 사람

혼자 살 적에 "자취하시나요?"라는 질문을 자주 받았다. 얼마나 많은 사람이 그렇게 묻는지 혹시 알고 싶은 사람이 있다면 혼자 살아보기를 추천한다.

나는 그럴 때마다 "네, 그래요" 하고 대답하는데, 뭔가 설명하기 어렵고 딱 감이 오지 않는 느낌을 받는다. 그 사람들과 나의 감정 사이에 뭔가 미묘하게 생활 감정의 차이가 있는 것 같다. 그래서 언젠가 '자취'라는 단어를 사전에서 찾아보니 '스스로 밥을 짓는 것. 스스로 식사를 만드는 것'이라고 나왔다.

그러나 이대로는 세상 사람이 '자취'라는 단어 안에 담는 의미를 전부 설명하지 못하는 것 같다. 예를 들어 한 집안을 꾸리는 주부가 직접 밥을 지으면 '자취'라고 부를까?

아무래도 '자취'라는 단어에는 한 사람 몫을 하지 못하는 사람이나 지금까지 사회에서는 식사 준비를 하지 않는 사람(예를 들어 남자, 특히 독신자) 등이 어쩔 수 없이 싫어도 혼자 외롭게 불을 피워 고등어를 굽는 의미가 들어있지 않을까, 나는 이런 생각이 든다.

내게 "자취하시나요?"라고 묻는 사람들은 분명 '혼자 힘드시겠어요, 심심하시죠?'라는 동정심에서 물었을 것이다. 그런데 나로 말하면 '이 사람은 왜 이런 걸 묻지? 살아 있는 사람이 밥을 짓는 것은 당연하잖아?' 하고 의아하게 여긴다. 애초에 나는 '자취'라는 단어가 존재하는 것이 이상하다.

만약 내가 '자취'하지 않았다면 어땠을까? 나는 하루에 세 번 메밀국수 가게에 들어가거나, 염치도 없이 옆집에 식객 신세를 져야 한다. 이와 비교하면 '자취'는 얼마나 자유롭고 즐거운가.

일하는 사람에게 '자취'가 귀찮은 일이 아니라는 소리는 역시 못하겠다. 혼자 먹을 식사를 준비할 때도 시간이 오래 걸린다. 또 혼자 먹을 분량은 조림 같은 반찬일 경우 조절하기 어렵다. 그래도 우리 집에는 가스도 있고 수도도 있으니까 나는 '자취' 생활을 썩 즐긴다.

그렇다고 식도락가는 아니어서 그럴싸한 진미를 만들지도 않고, 남에게 자랑할 만한 요리 실력을 갖추지도 않았다. 그저 내가 좋아하는 음식을 먹으며 만족한다.

남에게 공표하기 민망한 음식이지만 예를 들어 채를 친 단무지. 단, 사카린을 쓰지 않은 단무지를 실처럼 가늘게 채 썰어야 한다.(그래서 나는 식칼을 매일같이 간다.) 여기에 조미료와 간장을 조금씩 뿌려 잘 섞는다. 이걸 뜨끈한 밥 위에 얹으면 향이 풍부해서 밥이 끝도 없이 들어간다.

맛있다고 이런 것만 먹으면 영양실조에 걸렸겠지만 다행히 나는 내장 요리도 좋아한다. 특히 닭 내장을 좋아해서 묵은 생강을 간 것과 함께 간장에 절이고 버터로 살짝 볶아 먹는 것을 좋아한다.(사실 이 요리는 사람들 대부분 맛있다고 느낀다.) 과일, 생으로 먹을 수 있는 채소는 '자취' 인종에게는 참으로 감사한 자연의 진미다. 그러나 포도만은 잘 사지 않는다. 언젠가 바쁜

날이 이어질 때, 받아온 포도 한 송이를 먹는 데 며칠이나 걸린 적이 있다. 세상에는 밥을 직접 짓는 것은 괜찮아도 뒷정리가 귀찮다는 사람이 있다. 나는 깨끗하게 닦인 접시가 정갈하게 놓인 풍경을 보기만 해도 기분 좋아져서 뒷정리도 귀찮지 않다. 요령 좋게 닦으면 지저분한 접시를 쌓아 올리지 않아도 된다. 특히 혼자 산다면.

또 세상에는 밥을 짓거나 뒷정리는 괜찮아도 혼자 먹는 것이 싫다는 사람도 있다. 그러나 나는 전혀 상관없다. 혼자면 밥을 먹으면서 다른 사람에게 양해를 구하지 않고 신문을 읽을 수 있고 하늘을 보며 사색에 잠길 수 있다. 언젠가 나는

'친구가 죽었어.

어머니가 돌아가셨어.

아버지가 돌아가셨어.

그리고 나는

파란 하늘을 올려다보면서

빵을 먹고 있구나.'

라고 생각하며 잎이 떨어진 가지 사이로 나를 굽어보는 새파란 하늘을 올려다보면서 아침 식사를 한 적이 있다.

그럴 때는 곁에 아무도 없어서 오히려 고맙다.

이렇게 생각하는 것을 보니 나는 아무래도 알뜰한 '자취' 생활에 적합한 사람인가 보다. 그러나 생활이 바빠지면 역시 내 '자취' 생활도 파탄을 맞이하기 시작한다. 피곤해서 밥을 짓기 전에 잠깐 쉬려고 누웠는데 정신을 차리고 보니 아침인 상황을 자주 겪었다. 그러자 내 곁에 밥을 지어 줄 사람이 와주었다. 나는 그냥 얌전히 식탁에 앉으면 그만이었다. 그러면 마법처럼 밥이 완성되었다. '자취' 인종인 나는 이거 참 황송한 생활이라고 생각했다.

오래된
기찻길

　벌써 팔십 년이나 전의 일이다. 우에노역에서 도호쿠 본선
이나 신에쓰선을 타고 북쪽으로 여러 역을 지나면 사오십 분
걸려 우라와에 도착한다. 아카바네를 떠나 아라카와 철교를
지나면, 벌써 역과 역 사이는 논과 밭과 숲 사이의 농가와 작
은 목조 공장이 드문드문 있는 경치로 바뀐다.

　자, 기차가 다시 움직여 우라와역을 나서면 사오 분쯤 지나
길쭉한 우라와 중심지를 남북으로 관통하며 북상(북상이라고 하
는 이유는 아직 조부모님이 살아계실 적에 기소지를 지나 교토로 가는 방

향을 우리 집에서는 '위'라고 불렸기 때문이다)하는 나카센도 가도와 만난다. 그곳에 넓은 건널목이 있었다. 아직 그 길 위를 자동차가 일 년에 고작 몇 대뿐이 지나지 않던 시대여서 근처에 사는 사람들이 읍에서 용무를 보려면 건널목을 걸어서 넘어야 했다. 사람뿐만 아니라 당시 주요 수송 도구였던 짐마차(마력), 인력거, 짐수레, 소수파인 자전거 등이 모두 건널목을 건넜으니, 이 철도 선로를 지나는 넓은 건널목은 나카센도에서도 중요하며 위험한 교통 기관이었다.

건널목 옆에는 작은 초소가 있고 몸집이 자그마한 할아버지가 체류했다. 이 할아버지는 기차가 지나는 시간에 정통해서 기차가 들어오기 조금 전에 차단기를 내리고 차단기 위에 하얀 깃발을 드리웠다. 열차가 지나가고 안전이 확인되면 차단기를 올리고, 가도에 멈춰 있던 사람과 가축, 그리고 소형 수송 도구류는 할아버지의 지시에 따라 드디어 움직였다.

우리 집은 이 넓은 건널목에서 삼백 미터쯤 도시 중심으로 돌아온 가도의 서쪽에 있었다. 조부모부터 삼 대가 함께 사는 대가족이었는데, 나이 많은 남매들이 학교에 가고 아버지가 일하러 가면 자유롭게 집에서 노니는 것은 취학 전인 내 바로 위 언니와 두 살 어린 나뿐이었다. 우리는 매일 오늘은 뭘 할지 고민하며 집을 돌아다녔는데 어린애 둘이서 가면 안 된다고 당부를 듣던 곳이 그 넓은 건널목이었다.

그러나 기차라면 사족을 못 쓰는 아이들이 건널목에 가지 않고 대체 어디에서 기차를 볼 수 있겠는가. 기차는 집 앞의 나카센도와 평행으로 이백 미터도 떨어지지 않은 곳에서 달렸는데 말이다.

아이에게는 아이 나름의 지혜가 있었다. 여섯 살과 네 살인 우리가 간 곳은 건너편 집 옆 골목을 지나면 나오는 무인 건널목이었다. 물론 우리는 본능적으로 우리끼리 선로를 건너면 안 되는 줄 알고 있었다. 그래서 둘이서 반대편으로 간 적은 없었다. 그저 이쪽 둑에 서서 선로를 사이에 두고 펼쳐지는 시골 풍경-그곳에는 읍에 사는 우리가 모르는 생활이 있을 것이다-을 보며 기차를 기다렸다. 잠시 후 건널목이 딩동댕동 가슴을 뛰게 하는 소리를 내면, 곧 기차가 까만 연기를 뿜으며 다가와 굉음과 함께 지나갔다. 그 기차는 우리가 모르는 어딘가로 가는 사람들을 잔뜩 태웠다. 이 무인 건널목은 집 주변의 삼사백 미터 정도 범위를 망아지처럼 뛰어다니던 우리에게 그 밖에 넓은 세계가 있다고 알려주는 신기한 곳이었다.

이런 우리에게도 그 금단의 건널목을 건널 수 있는 경사스러운 날이 일 년에 몇 번인가 있었다. 봄이 와서 큰언니들과 함께 노선 건너편, 그리고 선로를 따라 우라와역 방향으로 오륙백 미터나 이어지는 높은 둑에 나물을 뜯으러 가는 즐거운 날이었다.

그곳에는 '낡은 기찻길'이라는 소박한 이름이 붙어 있었다. 당시 나는 그 이름이 무엇을 뜻하는지 몰랐고 생각해보지도 않았는데, 어른이 되어 우연히 알게 된 지식에 따르면 국철이 깔리기 전에 다카사키나 마에바시까지 사철이 달리던 선로의 흔적이었다.

아무튼 '낡은 기찻길'은 내게는 일종의 천국 같은 곳이었다. 언니들 손을 잡고 평소에는 금단인 길을 간단히 건너간다. 둑에 올라가면 큰언니 셋이 낭랑하게 소리 맞춰 학교에서 배운 창가를 부르며 떡쑥이나 뱀밥을 뜯었다. 바로 위 언니와 나는 '낡은 기찻길' 끝에서 끝까지 달리며 들꽃을 찾았다.

훗날 나의 평생 친구가 된 제비꽃에 반해 아름답다고 생각한 것도 이 '낡은 기찻길'에서였다.

아버지가 식물을 좋아해서 집 마당에도 '에이잔 제비꽃'이
나 '향기 제비꽃' 같은 화분이 많이 있었다. 그러나 내가 직접
찾아 나의 제비꽃이라고 정한 것은 하트 모양의 잎이 줄기 도
중에 나뉘어 자라거나 줄기 하나에 꽃이 여럿 자라는 제비꽃
이 아니었다. 가늘고 긴 잎이 뿌리 부근에서 여러 개 자라고,
그곳에서 길쭉하게 뻗은 줄기들 하나에 진보라색 꽃이 한 송
이씩 다소곳하게 피는 종류였다. 이 제비꽃이 '낡은 기찻길'
사방에 무리 지어 해를 받으며 피어있는 것을 보면 어린 나는
말로 표현하기 어려운 만족감을 느꼈다.

　나는 오랜 세월 그 제비꽃의 이름이 무엇인지 궁금했다. 그
러나 책을 열심히 뒤져보아도 그것은 그저 원시적인 '제비꽃'
이라고 불리는 종류였다. 이후 매년 봄이 되면 내 곁에는 '제
비꽃'이 피어 나를 기쁘게 해준다.

　그런데 그 '낡은 기찻길'은 어떻게 됐을까? 선로 바로 옆까
지 집이 빽빽하게 들어선 풍경으로 이미 바뀌지 않았을까? 지
금도 내 머릿속에는 그 봄날, 여자아이들의 노래를 들으며 어
린아이가 뛰노는 장면 그대로 남아 있는데.

백일홍 나무 아래의
인연

　며칠 전, 오랜만에 찾아온 친구가 가쓰오부시를 두 덩어리 주었다. 반사적으로 손을 내밀어 받으면서도 가쓰오부시를 선물로 주고받는 일은 잘 없어서 신기했는데, 친구가 '고양이한테 주는 선물'이라고 주석을 달았다.

　고양이가 죽었다고 알려주자 친구가 "뭐라고요!" 하고 목소리를 높여 놀랐다.

　내 고양이는 작년 8월에 죽었는데, 굳이 여기저기 알리지 않았다. 그래도 고양이를 주제로 글을 쓰곤 해서 친구들은 내가 고양이 애호가인 줄 알고 고양이에게 줄 선물을 가져오는 사람이 여전히 있었다.

내가 그 고양이를 키운 것은 고양이를 좋아해서가 아니었다. 어려서 크게 다친 그 고양이가 생사를 오가며 안타까운 몰골로 방랑하는 것이 안쓰러워서 치료해준 인연이었다. 상처가 나은 고양이는 자기가 이 집의 여왕님이라도 된다는 얼굴로 우리 집에 머물렀고, 상처를 낸 장본인으로 짐작되는 강아지 일족을 정원에서 쫓아내는 위업을 이루었다.

우리 고양이는 유난히 얌전했는데, 나와 또 한 사람, 그녀가 방랑 생활 중에 정을 준 이웃집 여주인에게만 마음을 허락했다. 우리 집에 손님이 오면 그녀는 일단 이 층으로 올라가는데, 손님과 나의 대화 소리가 격의 없어지면 다시 내려와 문을 열어달라고 벅벅 긁는다. 내 목소리가 서먹서먹하거나 손님이 영어를 말하면 내려오지 않는다.

그녀가 아홉 살 때 집에 개가 왔다. 역시 내가 좋아서 키운 것은 아니지만 나를 독점한다고 생각한 고양이에게는 충격이었다. 처음에는 강아지니까 고양이의 일격에 꼬리를 내렸지만 점점 몸집이 커졌고, 내 눈에도 동물끼리의 정직한 세력 경쟁이 마치 저울 눈금처럼 개에게 유리해지는 것이 생생히 보였다. 그리고 결국 작년 여름, 우리가 그렇게 조심했는데도 불구하고 고양이는 개와 크게 싸워서 지고 얼마 지나지 않아 폐렴으로 죽었다.

그때 가장 아름답게 핀 백일홍 나무 아래에 고양이를 묻어주었는데, 상대가 고양이라도 십일 년이나 같이 살면 둘 사이에 끈끈한 인연이 생기는 법이다. 봄이 되어도 잎이 가장 늦게 피는 백일홍 나무가 유독 추워 보여서 며칠 전부터 마음이 쓰인 차에 가쓰오부시를 고양이 선물로 받아 크게 위로받은 것을 깨닫고 인간은 평생에 걸쳐 마음의 인연을 참 많이 맺는구나 생각했다.

책과 정원,
고양이가 있어 좋은 날

1판 1쇄 인쇄 2018년 11월 19일
1판 1쇄 발행 2018년 11월 26일

지은이 이시이 모모코
옮긴이 이소담
펴낸이 김성구

책임편집 이은정
단행본부 류현수 고혁 현미나 구소연
디자인 한아름 문인순
제 작 신태섭
마케팅 최윤호 나길훈 유지혜 김영욱
관 리 노신영

펴낸곳 (주)샘터사
등 록 2001년 10월 15일 제1-2923호
주 소 서울시 종로구 창경궁로35길 26 2층 (03076)
전 화 02-763-8965(단행본부) 02-763-8966(마케팅부)
팩 스 02-3672-1873 **이메일** book@isamtoh.com **홈페이지** www.isamtoh.com

한국어 판권 ⓒ (주)샘터사, 2018, Printed in Korea.

ISBN 978-89-464-2093-9 03830

이 도서의 국립중앙도서관 출판시도서목록(CIP)은 e-CIP 홈페이지
(http://www.nl.go.kr/cip.php)에서 이용하실 수 있습니다. (CIP제어번호: CIP2018033892)

값은 뒤표지에 있습니다.
잘못 만들어진 책은 구입처에서 교환해드립니다.